セックスで満足できないと
脱出不可能な部屋に閉じ込められたら
東人
illust:能都くるみ
ぷちぱら文庫
creative

プロローグ

俺――咲間京一《さくまきょういち》は追い詰められていた。

セックスしなければ外に出られない部屋に、女の子三人と閉じ込められたのだが、深刻な問題が生じていた。

制服姿の女の子たちがペニスを舐めてくれているというのに、力なく萎《しお》れたままなのだ。

「勃たないってどういうことなのよ」

股間に顔を埋《うず》めていた、三人の真ん中にいるクラスメイトでもある高瀬《たかせ》恋《れん》が、顔を上げてふにゃふにゃのペニスを突《つ》きながら言った。

「ど、どういうことなんだろうな、ははは……」

仮性包茎の俺のペニスは、子象の鼻のような無様な姿を晒している。恥ずかしくて、苦笑いを浮かべながら答えた。

「私たちに魅力がないってことじゃないよね？」

「そんなわけがないだろ」

個人的にも客観的にも、みんな魅力的な女の子だと思っている。

高瀬はクラスで一番人気があるし、もう一人も美人で有名な陸上部の先輩で、そして、最後の一人は結構有名なグラビアアイドルだった。

年齢と彼女いない歴が同じ、モテない男子の俺からしたら、この部屋に閉じ込められなかったら相手にされないような女の子たちだ。

「だったらなんで？」

「可愛い高瀬にちんぽ舐めてもらってるのに本気で悪いと思ってるよ」

「ま、真顔で可愛いとか言わないでよ！　ここから出るにはセックスしなきゃいけないから、私は理由を知りたいのよ」

「それは俺も知りたいところなんだけどな……」

返答を濁したが、原因はわかっていた。

相手が三人ということで、完全に気後れしていた。

「本当にどうしちゃったのかな？」

高瀬の質問に答えられずにいると、グラビアアイドルの夏歌《なつか》さんがペニスから舌を離して困ったような顔をした。

「夏歌さん、そんな風に気にする必要はないと思うわよ。三人の女の子を相手することに怖じ気づいちゃってるだけだから」

内田明日菜《うちだあすな》先輩が、俺の気持ちを察したように言った。

「ほら、リラックスして雄々しく勃起した格好いい姿を見せて」

そう言って、改めてふにゃふにゃのペニスに唇を近づけてきた。

「ちゅっ♥　れるれる、れろぉ……れるぅ……」

キスの後、激しく情熱的に舐めてきた。

「お、おお……」

本気出してきた……！

陸上の短距離で全国大会にも出た選手である明日菜先輩の動きは、フェラチオでもどこかキビキビしている。

同じ陸上部の俺は、ふと先輩が大会の時に着るセパレートの際どいユニフォーム姿をしてる時のことを思い出した。

体にフィットしているから魅力的なプロポーションがよくわかるし、引き締まった太股《ふともも》や腹筋……そしておヘソを見ることができた。準備運動の時に腕を上げて見える腋にも性的な興奮を覚え、家に帰って何度も自慰をした。

「はぁ……はぁ……」

呼吸が弾む。憧れていた気持ちを再認識して俺の性感はどんどん高まっていく。

「私もするね」

夏歌さんが割って入ってきた。

「明日菜ちゃんより感じさせてあげる♥」

そう言って、ペニスの包皮の中に舌を入れてきた。

「れる♥　れろおれろお♥」

「す、すごい……！」

亀頭を直接舐められて、ぞぞぞぞと、背筋に甘い痺れが走った。

「それ……汚くないんですか？」

高瀬が恐る恐る口を挟んできた。

確かにそこは汗やオシッコの汚れも溜まっているのは間違いない。

「ふふ、ファンサービスかな」

俺は『グラドル夏歌』が出るイベントに何度も行くような、熱烈なファンだった。

おっぱいは大きいのに顔立ちは幼い、いわゆるロリ巨乳な彼女のグラビアが載っている雑誌や週刊誌を気づけば買っていて、いつしかガチ勢になっていたのだ。

ファンサービスは冗談だとは思うけど、その言葉でファンとして幸せ者であることを自覚した。

「れろぉ、れろぉ♥　れろん♥　ぢゅぱぁぁ♥」

皮の中で舌がモゾモゾと動いている。イベントで一緒になる同じファンの面々に申し訳ない気持ちと、優越感を覚えながら舌使いを堪能する。

「うぇぇ……よくそんな汚いの舐められるなぁ……」

幸せな気分の俺を余所に、気持ち悪そうな声を出した高瀬に、夏歌さんは微笑みかけた。

「そんなに嫌悪するものでもないと思うよ」

そう言うと、舌先で器用に包皮を剥いて先っぽを露出させ、現れたテカテカの亀頭を、高瀬に見せつけるようにカリ首の裏まで舌を這わせた。

「ほら、ホーケーおちんぽの先っぽってピンク色して可愛いでしょ？　舐めるのは、ペットをなでなでしてるようなものよ、れるれる♥」

言葉通り小動物の頭を撫でるように舐め回していると、ペニスを剥くのを待っていたのか静観していた明日菜先輩が、逆側から亀頭をぺろりと舐め上げた。

「ホントに可愛いね、れろれろぉ♥」

「ふふ、一緒に可愛がってあげましょう」

穏やかな遣り取りと反対に、舌や口やほっぺたを使って競うように愛撫してきた。

「す、すご……」

取り合う感じはハーレム感があって最高だ。

ただ、二人の真ん中にいて完全に置いてけぼりになった高瀬は、拗ねたような顔をしている。

「私を除け者にしないでくださいよ……」

高瀬が小さな声で抗議すると、先輩たちの動きが止まった。

「あー……」

「ごめんごめん」

先輩と夏歌さんは見つめ合った後、高瀬の方を向いた。

「そういうことなら、おちんぽ咥えていいよ」

「もっとガチガチにしてあげて」

「え？　いや、そういうことじゃなくて……」

「違うの？」

「それはその……」

仲間外れが嫌なだけで、俺のペニスをどうこうしたいわけじゃないのだろう。

「嫌だったら別にいいぞ」

そう伝えると、拗ねたままこっちを見た。

「私だってそんなに嫌ってわけじゃないんだから……」

「でも、汚いって言ってたろ？」

「黙ってて！　おちんちん咥えてあげるから！」

「お、おう」

意固地になったのか高瀬は怒ったように言うと、口を筒先に被せるようにして咥えてきた。

「はむ……ん……」

咥えたまま動かなかったけど、小柄で愛らしい容姿をした高瀬の口の中に、俺の見慣れたペニスが入っているのは、見ているだけでゾクゾクしてきた。

うちのクラスはヒエラルキーがはっきりしていて、最上位に位置する高瀬と底辺男子の俺とはほとんど交流がない。

催しものなどではハブられて、最近では妬みのような感情を持っていたくらいだ。

だからこそ、こうやって咥えられている光景には強い喜びがあった。

「じゃあ、みんなで舐めてあげましょうか」

明日菜先輩はそう言うと、改めて左側から竿を舐めてきた。

すぐに夏歌さんも逆側から舐めはじめ、咥えている高瀬もまた仲間外れになったら困ると、口内で舌を使う。

「す、すご……」

三つの舌が今度は協力して俺のペニスを這い回っている。先輩がキスをして淫らな音を立てると、みんな吸いついて音を立てる。

「ぢゅるる、ぢゅぱぁっ」

射精しそうになって、尻の穴を締め、手を握って堪える。

ここから出るためにセックスしなきゃいけない。三人も相手をするんだから、無駄打ちなんてできない。

そうは思ったけど、睾丸がギュッと締まり、精液を出してくれと訴えてくる。もう少しも我慢できなかった。

一発目を出させてもらおう。

「はぁ、はぁ……」

出るっ！

暴発を装って、予告もなく射精しようとした瞬間だった。

「────っ！」

手が伸びてきて、射精を遮るようにペニスの根本を強く握ってきた。

「い、いてて っ」

その手の主は、明日菜先輩だった。

「射精しようとしたでしょ？」

「あ……」

指摘されて、イタズラをする前にバレた子供のように気まずい感じだ。

「ぷはぁ、もしかして口内射精しようとしたの？」

高瀬は口からペニスを吐き出して睨みつけてきた。

「ご、ごめん……」

「ふふ、別に謝る必要はないよ、私たちは早くセックスしたいだけなんだから、ね、高瀬ちゃん」

「え？　ち、違くはないけど……セックスして気持ちよくしてもらわないと、ここから出られないからであって……」

「そうだよね、私たちも気持ちよくして、京一くん♥」

「はぁ、はぁ、我慢できないよ、おまんこぐちゅぐちゅになってるから、すぐに入れて♥」

先輩と夏歌さんが、パンツを脱ぐと脚を開き、指でおまんこを開いた。

「し、したいならすれば……」

高瀬も最後に大いにテレながらそう言ってパンツを脱いだ。

三人は四つん這いになって俺を誘ってきている。

どこに入れてもいいなんて信じられない……。

贅沢な光景を見ながら、膣の感触を想像してオナニーすることしかできなかった、たった一ヶ月前のことを思い出していた……。

第1章　憧れの部活の先輩と閉じ込められる（驚愕）

自分が特別な人間かと問われたら、残念ながら違うと答えるしかない。

テストではどう頑張っても平均的な点数しかとれないし、運動系や芸術系のイベントで表彰されることもなかった。

容姿はそこそこ整っていると思っていたけど、バレンタインでチョコをもらったこともないので、女子が特に好むようなものではないようだ。

むしろ、挙動が怪しいと若干敬遠されているように思える。

そんな俺でも、せめて女の子一人には特別な人間であると思ってほしい。

簡単に言えばカノジョがほしいっ！

たわいない話をしたり、お昼を一緒食べたり、休日に遊びに行ったり……イチャイチャしたいっ！

そう望んではいたけど、何か積極的に行動したりはしてこなかった。

いいなと思う女の子の前で、格好つけたりすることはあるけど、自分から告白するなんて、なんだか負けだと思ってたのだ。

だが、俺が女の子から告白される可能性は、どれぐらいあるだろうか？

もしかしたら、気に入ってくれる人はいるかもしれないけど、好きだと思う相手から告白される可能性は、0%に近いんじゃないだろうか？

だから、本気で好きになった女の子ができたら告白しようと決意した。

もちろん、フラれる可能性は大きいけど、人間は愛されたいと本能的に思っているもので、告白すればワンチャンあるかもしれない。

俺は今年、私立の大翁《おおおきな》学園に入学した。

そこで告白したい相手ができた。

だが——

※　※　※

明日菜先輩との出会いは、陸上部へ仮入部した時だ。

適性を見るために一年生が色々な競技を体験している時に、女の先輩がセミロングの髪を短いポニーテールにしながら現れた。

「これから100メートル走をするんだよね？　私も参加させてもらおうかな」

学園指定のジャージじゃなくて、ピッチリとしたTシャツとスパッツを穿いた美人な先輩の出現に、仮入部の男子全員が目を奪われたと思う。

走るには不利なんじゃないかという大きな胸。ただ、鍛えられているのか全く垂れておらず、Ｔシャツをロケットのように押し上げている。

さらに目を引くのは下半身だ。大きめの尻から伸びる太股はかなり太いけど、引き締まっていて、まるで格闘ゲームの女性キャラみたいだ。

その造形がスパッツなのではっきりわかって目が離せなかった。

「私は副部長の内田明日菜よ。うちは苗字禁止だから正式に入部したら明日菜先輩と呼んでね。ちなみに専門は４００メートル。短距離なのにペース配分も考えなきゃいけない、とても面白くて、最後はぶっ倒れるほどの感動を味わえる素晴らしい種目よ。興味があるなら一緒に倒れましょう」

４００メートルは、陸上競技の中でもかなりキツイ種目なのは周知の事実なので、先輩の言葉にどっと湧いた。

一気にみんなの心を掴んだ先輩と、１００メートルのスタートラインに並んだ。

俺はたまたま隣になって、その顔を横目で窺った。

大きな目は睫毛が長くて瞳がどこか潤んでいるように見える。鼻はすっと通っていて、唇は薄い。近くで見ると、アスリート体型に反して、顔の造形は図書館にでもいるのが似合いそうな、近寄りがたいような繊細な美人だった。

「私のこと見て、どうしたのかしら？」

こっそり見ていたのを気づかれるとは思わなかった。なんと答えたらいいか慌てていると、先輩はクスリと笑った。

「ふふ、私のこと見とれちゃった？」

「は、はは……」

声の調子から、本気で言ってるわけじゃなく、俺をからかってるだけみたいだ。

でも、そこに嫌味はなく、言われて恥ずかしいような嬉しいような……もっとイジってもらいたくなるような、不思議な魅力があった。

その後、スタートした100メートル走でも先輩に魅了された。

あっという間に置いていかれたけど、後ろから見る先輩の走るフォームには乱れがなく、容姿同様に見とれてしまっていた。

そんな風に先輩に心を奪われたが、入部は躊躇してしまった。

競技の体験会が終わり、仮入部の新入生が別のところに行かないように、先輩たちが甘い言葉で改めて勧誘しているが、俺には誰も声をかけてこなかったからだ。

どの競技も振るわなかったので、全く見込みがないのだろう。

軽くショックを受けながら、入るならまだ文化系の方がいいかな……そう考えていると、後ろから声をかけられた。

「キミはなんていう名前？」

振り向くと、さっきまで一年生に囲まれていた明日菜先輩がいた。

一瞬、勧誘かと思ったら、眉根を寄せて厳しい顔をしている。

そんな顔をして、名前を訊いてくるなんて、どういうことだろう？

もしかしたら、ジロジロ見ていたことを問題にされるのかと思ったけど、名乗らないわけにはいかない。

「……咲間京一です」

「京一くんね」

先輩は腕を組んで、俺の足から顔まで何か探るように見つめてきた。

「あ、あの……」

「京一くん、キミには４００メートル走の才能があると思うよ」

「さ、才能？」

「ええ、これから私を抜くくらい速くなるわ」

そう言って微笑んだ。

俺は自分が特別じゃないと自覚している。それなのに、そんな風に言われて気持ちが浮き立つのを止めることができなかった。

だが、すぐに何人にもそう声をかけていたのを知った。

最近、正式な種目になった男女混合マイルリレーを強化するために、人数が少ない４００メートル専門の選手を増やしたかったようなのだ。

やっぱり、甘い言葉での勧誘だった。

でも、たとえそうでも、はじめて才能があると言ってくれた人を信じてみたかった。

俺はその後、陸上部に入部した。

同じ競技をやれば、明日菜先輩と少しは親しくなれると思ったけど、そういうわけにはいかなかった。

それほど活発ではない陸上部で、唯一全国大会にも出たこともある先輩の練習はストイックで、一年生の俺はとても気軽には近づけなかったのだ。

それ以外の時は、明日菜先輩を慕う後輩たちが周りに大勢いて、その楽しそうな雰囲気に入っていくことができなかった。

※　※　※

ほとんど交流もなく二ヶ月が過ぎた。

「新入生で400メートルを専門にしたの、キミだけだったね」

種目が正式に決まって、明日菜先輩が挨拶以外で珍しく声をかけてきた。

いつもは明るい先輩が、残念そうな顔をしている。

「こんな素晴らしい競技を選ばないなんてね、キミはどう思う?」

「えっと、その……一年生に先輩が手取り足取り直接教えてあげれば、簡単に増えると思いますよ」

体育会系の部活の伝統なのか、三年生が直接一年生を教えることはあまりない。先輩につられてやろうかなと言っていた人もいたけど、結局、他の競技に流れてしまった。

正直な気持ちを伝えると、先輩はにやっと笑った。

「んー……キミは私に手取り足取り教えほしいんだね」

「えっ⁉」

ニヤニヤしながら言われて慌てた。

「い、いや、俺は教わる気なんて全然ないですよっ」

咄嗟に否定したけど、先輩の言う通りだった。

一般論めかして言った言葉に、本心がただ漏れしていたみたいで恥ずかしい。

「あれれ？　本当に教えなくていいのかな？」

先輩は楽しそうに訊いてきた。はじめて声をかけられた時と同じように俺をからかっているみたいだ。

「は、はい、誰かが俺には才能があるって言ってたので、教わらなくても簡単に先輩を追い越せるでしょうからね」

精一杯の強がりでそう言うと、先輩少し驚き、吹き出した。

「あははは、キミは面白いね」

ちょっと皮肉を込めた俺の返答が気に入ったのかウケている。

俺の言ったことで本気で笑ってくれてる先輩を見て、不思議な気持ちになった。

憧れではあったし、親しくなりたいと思っていたけど、二年上の先輩を恋愛対象としては見ていなかった。

ちゃんと気持ちが届く相手だと認識できて、俺はこの時から本気で意識しはじめた。

その後は先輩を想いオナニーするようにもなった。鍛えられた太股にペニスを擦りつけてみたい。形のいいおっぱいを揉みまくってみたい。そして、セックスをしてあの凛々しい顔を快楽で崩してみたい。

妄想だけでは我慢できなくなったが、なかなか告白できなかった。

不甲斐なかった。このままじゃ、好きな相手に気持ちを伝えられず、無駄に精液を消費するだけの人生になってしまう。

自分から告白する……いや、しなきゃいけない！

二人きりになれればきっと言えるはずだ。俺はそう思ってチャンスを窺っていた。

「おい、ちょっとこれ見たか」

明日菜先輩とどうやって二人きりになるか、部活がはじまる前に教室で考えていると、クラスメイトの半田《はんだ》が話しかけてきた。

巨乳を売りにしているグラビアアイドル『夏歌』の水着姿が載っている雑誌を、手渡してきた。

半田に夏歌を教えたのは俺で、すっかりハマっている。先輩のことは本気だけど、それはそれだ。撮影会やファンミーティングとかにも一緒に行っている。

「こんな巨乳と閉じ込められたいよな」

「おいおい、犯罪はやめとけよ」

一応窘《たしな》めておくと、半田は鼻で笑った。

「URPが起こらねぇかなって話だよ」

「ああ、あれか……」


十年くらい前に、人が失踪する事件が急増した。

本格的な調査によって、人が忽然と消える神隠しが実際に起こっていると確認されて、それは数万人に一人という程度だったけど、世界の終わりのはじまりとか、社会がかなり不安定になったのを小さい頃だったけど覚えている。

しばらくして、神隠しに遭ったとしても、戻ってくる方法があるとわかると、社会は落ち着きを取り戻した。

ただ、帰還方法は大いなる困惑をもたらした。

神隠しに遭った人間は、同年代の異性と出口のない不思議な部屋に閉じ込められる。そしてそこから出て現実に戻るには、セックスしてお互い気持ちよくならなければいけないというのだ。

そんな風に、国から『セックスしないと出られない部屋』があるということを発表された時には、たちの悪い冗談だと思われたらしいが、今では常識になっていた。

unidentified room phenomenon――URPと言われるこの現象の原因は、未だに不明だけど、俺たちにとってはごく稀に起こる自然現象みたいなものと捉えられており、現実的な恐怖感は持っていない。

現在では、アイドルとか、手の届かないような相手とセックスできるかもしれないという、モテない男の妄想のネタとなっている程度のことだった。

俺もグラビアアイドルの夏歌と閉じ込められたらっていう妄想はしたことあるけど、今閉じ込められるなら明日菜先輩だよな……。

俺は夏歌の載ってる雑誌を見ながら、明日菜先輩が水着姿になったらどんな感じだろうと、想像していた。

※　※　※

俺は夢を見ることが人より多いと感じている。

現実で起こったことに影響されて、その夜、関連した夢を結構な確率で見てしまうからだ。

「おはよう」

目を覚ますと、俺の枕元には制服姿の明日菜先輩がいた。

三年の教室の前を通った時、偶然先輩に会って声をかけられたので、夢を見ているんだろう。

改めて目を閉じて夢の続きを見ようとして……それがおかしいことに気づいた。

慌てて目を開くと、困った顔をした明日菜先輩が、夢ではなく確かにいた。

「よかった。起きたと思ったら、何も言わないでまた寝ちゃって、どうしたのか思ったわよ」

「あ、すみません……じゃなくて！　なんで先輩がここにいるんですか⁉」

「んー……キミはどこにいると思ってる？　ちょっと周りをよく見てみて」

促されて周囲を見回すと、俺の部屋じゃなかった。

部活中に倒れて運ばれたのかとも思ったけど、保健室でも病室でもなさそうだ。

「え、ええと……ここは？」

ここに至るまでの記憶にモヤがかかったようで思い出せず、先輩に尋ねた。

「セックスしないと出られない部屋ね」

「は？」

「ＵＲＰが起こったのよ」

ＵＲＰ⁉　先輩と閉じ込められたいって願ったけど、それが現実になるなんて信じられない。

妄想していたことが現実になったわけだが、喜びより戸惑いの方が全然大きかった。

「ほ、本当に出られないんですか⁉」

立ち上がり周囲を調べる。

部屋はどこかで見たことがあるような典型的なワンルームで、使えるのかどうかわからない、ユニットバスもついている。

そして、やっぱり外への出入り口はなかった。

そうだ、スマホ！

ポケットのスマホを取り出したが、壊れてしまったかのように反応がない。

異様な空間に閉じ込められたのを実感すると、圧迫感を強く覚えて、息が苦しくなってきてしまった。

「せ、先輩……どうすれば……はぁっ、はぁっ」

「ほら、座って」

ベッドに腰掛けていた先輩は、隣に座るようにとポンポンと叩いた。

「あ、はい……」

「私を見て、深呼吸して」

促されるままに座ると、続けてそう言われて、大きく呼吸をしながら先輩を見つめた。

あまり間近で見たことのない先輩の制服姿は、クラスメイトとは全然違って色っぽい。

直視できず、視線を落とすと、黒系のパンストに包まれた太股があった。

スパッツの時とも違ういやらしさがあって、脚に見入ってしまいそうになり、慌てて視線を顔に戻すと、先輩はニヤニヤ笑っていた。

「ふふ、見とれちゃった？」

「え、あ……」

からかうように言われると、不思議と落ちついてきて、部屋に閉じ込められたことの圧迫感は小さくなっていた。

「もう大丈夫みたいね」

「あ、はい……」

頼りになる先輩と一緒でよかった。そう思ったけど、冷静になってみると妙な違和感もあった。

「どうかした？　やっぱり落ち着かない？」

「いえ、落ち着きましたけど……先輩は逆に落ちつきすぎじゃないですか？」

「ああ、前に経験あるからね」

事も無げに言われて、そうなんだと納得しそうになったが、流せるような話じゃないことにすぐに気づいた。

「ホ、ホントですか⁉　同じ人が二回もなんて、そんなレアケース……」

「こうやって男の子と閉じ込められたことは、他の人に報告するものじゃないでしょ？女性なら特にね。数万人に一人っていうけど、実際にはもっと多いんじゃないかな」

実はＵＲＰは頻繁に起こっていて、先輩みたいに連続して捕らわれる人もいるってことか？

「理解した？」

「一応は……」

「じゃあ、セックスしよっか」

不意に顔を近づけてきて、耳元で囁いてきた。

「え？　あ……ホントにするんですか⁉」

「しなきゃ出られないでしょ？」

ＵＲＰっていうのはそういうことで、わかっていたつもりだけど、改めて言われて実感した。

あの憧れていた先輩と、これから本当にするんだよな……。

「単純にセックスするだけじゃダメなのよ」

「え？」

「お互い気持ちよくなって満足した時に、外に出る扉が現れるの」

「ああ、確かそうでしたね……」

俺もＵＲＰに遭った時のことは勉強してはいるけど、セックスできるってことで浮ついて完全に飛んでいた。

「お互いイかなきゃいけないってことですよね？」

「ええそうよ、だからキミも頑張って」

童貞の俺にちゃんとできるのだろうかと、急に不安になってきた。

でも、前の誰かは先輩を気持ちよくしたんだよな……。

不意に先輩が知らない男と絡み合い甘い声を上げている嫌な映像が頭の中に浮かんできて、胸が急に苦しくなってしまった。

「どうしたの？　何かわからないことはある？」

「わからないっていうか、恋人でもない人と、気持ちいいセックスなんてできるんですか？」

「……できちゃうものみたいね」

驚いた後、複雑な表情をしながらそう答えた先輩を見て、悔しさのあまりに俺は自分が失礼なことを言ってしまったと自覚した。

「す、すみません」

「キミは……恋人じゃないと気持ちよくなれない？」

「いや、セックスは恋人とするものだからつい言ってしまっただけで……」

「じゃあ、恋人になりましょうか」

「は？」

急な提案に俺はぽかんとしてしまった。

「部活で頑張ってるキミのことを見て、いつも可愛いって思ってたわ」

もう恋人ははじまっているのか、先輩はそう言ってくれたけど、同時に理解してしまった。これは本気じゃなくて今だけってことだって……。

ここから出るために、先輩は色々と気を使ってるんだろう。

先輩は学園で三本の指に入るくらいの美人で、陸上部のエース……学業の成績もいいらしい。俺がなることができなかった特別な人間だ。

そんな先輩とセックスする機会は今しかない。そう気づくと、ごちゃごちゃしていたものが吹き飛んだ。

俺はこれから先輩とセックスして、童貞を卒業してやる！

「京一くん……」

俺が心の整理をつけるのを待っていた待っていたのかのように、そう思った瞬間、先輩から抱きしめてくれた。

「その……キスしていいですか？」

俺は思い切ってそう頼んだ。

本当の恋人じゃないので、断られるかもと思ったが、先輩は優しく微笑んだ。

「恋人にキスしていいなんて訊くもの？」

そう言って目を瞑った。

本当の恋人みたいにしていいんだ……。

少しアゴを上げてキスを待っている先輩の顔に自分の顔を近づけ……目を瞑って唇を押しつけた。

「ん……ちゅっ」

憧れの先輩とのキスに一瞬、頭が真っ白になった。

柔らかい感触を味わい……興奮もあって少し苦しくなって、唇を離す。

「京一くん……」

「先輩……はぁ……はぁ……」

間近で見つめ合いながら口で呼吸して……お互いの吐き出す息を吸い込み合っているようで嬉しかった。

さらに一歩先に……舌を絡めてみたくなった。

だが、そこまでやっていいものかと躊躇していると、先輩が舌を出してきた。つられるように俺も舌を伸ばし絡める。

「れろれろぉ」

「れちゅ、ちゅ、れちゅれろぉ……」

まずは口の外で舌を絡め、俺の口の中で……最後は先輩の口の中で絡め合う。

「ふぱぁ……」

たっぷりベロチューを堪能して口を離すと、舌同士が唾液の糸で繋がり……切れた。

片想いの相手とのキスは最高だった。セックスはもっとすごいに違いないと思うと、期待と緊張に体がガクガクと震える。

「震えて……恐いの？」

「い、いえそうじゃなくて、少し緊張してて……」

「何も恐いことないてから、リラックスして」

「は、はい」

「キミはじっとしてていいからね、４００メートルは教えてもらわなくていいって言われちゃったけど、セックスは手取り足取り優しく教えてあげるから」

その話を覚えていてくれたことを感激していると、先輩に優しく押し倒されて、二人でベッドに横たわった。

「私の脚、気になる？」

横になったことで制服のスカートが捲れ、ストッキングに包まれた太股が露わになって、無意識に目で追っていた。

「ええと、あれだけ速く走れる脚に興味があって……」

「興味だけ？　性的な魅力は感じてなかった？　正直に答えてくれないと損しちゃうかもよ」

「性的魅力を感じてます！」

損をしたくなくて咄嗟に答えていた。

「正直でよろしい。じゃあ、私から脚で触ってあげるわね」

何に触るのかと訊こうとすると、ズボンのジッパーに手を伸ばしてきて、ゆっくり引き下げられた。

もしかして、ペニスを太股に擦りつけたいという妄想を現実にしてくれるのかと、ドキドキしながら見守っていた俺ははっとした。

「ちょっと待ってっ」

制止したが、先輩はもうズボンの中からペニスを引き出していた。

「結構大きいね……」

憧れてる先輩にペニスを見てもらうのは、ゾクゾクするような嬉しさがあったけど、ある問題から俺は恥ずかしくて仕方なかった。

「でも、被ってる」

そう、俺は包茎だった。セックスすることがあったら、脱ぐ前にこっそりと剥いておこうと思っていたのに、急な展開ですっかり忘れていた。

「え、ええと、これは仮性だから……」

「焦らなくてもいいよ、仮性なら問題ないでしょ？　それに子供みたいで可愛くて好きよ」

横に寄り添ったまま耳元で優しく言うと、脚だけ俺の股間の上に乗せてきた。そして太股で包茎ペニスを擦る。

「せ、先輩……」

まだ手で触られたこともないのに、脚でされているけど……最高かも。

パンストはほどよいスベスベ感で、擦られると軽い摩擦もあって気持ちいい。当然、その下の先輩の太股の肉感と体温も同時に感じられてたまらなかった。

そして何よりパンストに包まれた美しい太股と、だらしない包茎ペニスの対比はなんともいやらしくて、激しく興奮した。

「どう、気持ちいい？」

「は、はい」

「じゃあもっと擦ってあげる」

俺の股間の上で、股上げトレーニングでもしているみたいに膝を曲げたり伸ばしたりして、ペニスを擦ってきた。

皮が引っ張られて時々剥けたりして、直接ヌルヌルの亀頭が触れてパンストを汚した。

「す、すみません、出たらパンスト弁償しますから」

「本当に？　ふふ、だったらいくら汚してもいいよ」

先輩は冗談交じりに言うと、膝を曲げてふくらはぎと太股でペニスを挟むようしてきた。

「す、すご……」

俺は知っている。これは膝裏コキという、ちょっとマニアックな行為だ。

挟む力を強めたり弱めたりして、俺のペニスを刺激してきた。

「セックスする前に一回射精しておこっか。気持ちよくなったら出していいからね」

そう言われたけど、この感触をもっと味わっていたくて必死に射精を堪える。

「くっ……」

「ふふ、我慢してるの？　それじゃこういうのはどう？」

太股とふくらはぎで強めにペニスを挟むと、その状態を固定して上下に動かしてシゴいてきた。

「う、うわぁぁっ！」

脚の間は潤滑が足りなくて、上下するたびにペニスの皮が剥けたり被ったりする。時折、露出した亀頭を指で弄ってきた。

「ふふ、全国大会に出た脚でおちんぽをシゴかれて嬉しいでしょ？」

鍛えられた筋肉をペニスで感じられて、鼻の奥がツーンとするほど興奮したけど、俺は貪欲になっていた。

「シゴかれながら、キスしたい」

先輩をもっと感じながら射精したい。そう言うと何も言わず上から唇を押し当ててきた。

「ちゅ、ちゅむ……れちゅ……れちゅ」

キスしながら膝裏コキという妄想以上の行為に、あっという間に我慢の限界を超えた。気づけば射精していた。

「はぁ、はぁ……せ、先輩……出ちゃった……」

黒いパンストに、大量の白濁液がぶちまけられていた。

精液の濃い部分は白い塊のまま、薄い部分はパンストに染みていく。そういうぶっかけ画像は見たことあるけど、これが自分の精液で、しかも先輩のパンストだと思うと、嬉しくて興奮が収まらない。

「いっぱい出たね」

強く脚を曲げて尿道に残った精液を搾るようにしてから、膝裏からペニスを解放した。

「す、すごく気持ちよかった……はぁ、はぁ……」

「そう？　でも、本当に気持ちよくなるのはこれからよ」

先輩はそう言うと俺の脚を開かせ、その間に入り、顔を勃起したままのペニスに近づけてきた。

　ま、まさか舐めてくれるのか⁉

「一回目の射精、お疲れ様、んちゅ」

　ペニスの先端にキスした後、皮の中に舌を差し込んで、亀頭を直接舐めてきた。

「せ、先輩っ」

　昨日風呂に入った時ちゃんと洗っただろうか？

　チンカスとかあるかもしれないけど、それも気にせずに舐めてくれて、気持ちいい以上に嬉しかった。

「れろぉ……れろぉ……」

　舌を回しながら器用に包皮を剥いた。綺麗になった亀頭が外気に触れて、少しだけ萎んでいたペニスが、誇らしげにカリ首の傘を開く。

「ビクビクして出そうだね。もう一回くらい射精しとこうか」

　俺の是非も聞かずに口を開いて、上を向いているペニスに被せるようにして咥え込んできた。

「はむぅ……れちゅ、れろれろ……ちゅぱぁ……」

　ペニスの竿部分が唇で締めつけられて、亀頭には舌が絡みついくる、それはオナニーじゃ絶対得られない感覚で、涎が垂れそうなほど気持ちいい。

「んっ、ちゅっ、ちゅっ、ちゅぱ、れろれろ……」

「あ、ああ、やばい……」

　あっという間に射精しそうになって……それを感じたのか、先輩がペニスから口を離した。

「はぁ、はぁ……せ、先輩……」

「物欲しそうな顔をしなくて大丈夫よ、ちゃんと口でイかせてあげる。ただ、射精する時はイクッて言ってね、咳き込まないように準備するから」

「それって口に出していいってことですか？」

「ええ、咥えられたまま射精するの最高だから味わって」

　魅力的な提案に俺はコクコクと頷いた。

「それじゃ、再開するね」

　先輩は俺のペニスを改めて咥えた。

　今度は唇を窄ませ、ペニスを強く締めつけつつ規則的に頭を振る。

「ぐぷっ、ぐぷっ、ぐぷっ、ぐぷっ、ぐぷっ」

　フェラチオといったら一番はじめに想像するやり方だけど、なんでそうなのかはっきりわかった。射精させるためという点では縦にシゴかれるこのやり方が一番みたいだ。

「先輩、早いけどもう……」

「ずずずっ、ずずずっ、ずずずっ、ずずずっ」

俺の言葉を聞いて、ペニスを吸いつきながら頭を動かして、さらに刺激を上乗せしてきた。

　顔も鼻の下が伸び、いわゆるフェラ顔になっていて、いつもの凛々しい先輩の淫らな顔に俺の興奮はピークに達した。

「せ、先輩、限界です、イクっ！」

　言われた通りそう伝えて、込み上げてきたものを迸らせた。

　どぴゅるるるるるるっ！

「んぶっ」

　先輩は口内で射精されて、眉根を寄せたけど口を離さない。びゅくんびゅくんと脈打つペニスを咥え続け、精液を受け止めてくれている。

「はぁ、はぁ、す、すごいっ、いいですっ」

　先輩の言う通り最高だった。精液はティッシュじゃなく、人に注ぎ込むのが本当なんだと実感しながら、幸福な射精感に浸る。

「ん……ん、んっっっ」

　段々と脈打ちが段々小さくなり、ついに射精が止まった。

「はぁ、はぁ……先輩、終わりました」

「ちゅ、ちゅ、んんっ、ずずずずっ！」

　最後に尿道に残った精液まで吸い取ってくれて、先輩は口を離した。

「気持ちよかったです……はぁ、はぁ……」

口内射精の感想を伝えると、先輩は大きく口を開いた。

「んふふ、見ふぇ」

俺を挑発するように、舌を色っぽく動かして、口内に溜まっている精液を見せてくれた。

白い塊みたいなのもある……本当に口に射精したんだ……。

「あ、ありがとうございます、先輩、もう口から出していいですよ」

憧れていた先輩の口の中を精液塗《まみ》れにした背徳感にゾクゾクしながらそう言うと、口を閉じ、精液を溜めたまま見つめてきた。

「先輩？」

「んふふっ」

挑発するように笑うとアゴを上げて首をよく見えるようにした。

「ん……ごっくん……」

喉のところが動き、精液を飲み込んだのがわかった。

食道を通って胃の中に入って……そう思うと背筋がさらにゾクゾクして、どうにかなってしまいそうだ。

「ぷはぁ……ふふ、ごちそうさま」

「せ、先輩なんでそこまで……」

「恋人を喜ばせたいと思うのは当然でしょ？」

そういう設定であることを思い出した。

少し空《むな》しさはあるけど、飲んでもらえたことには、それ以上の嬉しさがあって、ペニスがまたガチガチに硬くなった。

「ふふ、すぐにできるみたいね。キミは寝そべったままでいいから」

先輩はスカートとストッキングを脱いで、俺の腰の上に跨がってきた。

「これからセックスよ、心の準備はいい？」

言いながら先輩は自分の股間に手を伸ばした。パンツの股布をずらすと、今までと違う、うっとりとするような甘酸っぱいにおいがしてきた。

「せ、先輩、おまんこ見たい」

これっきりになるかもしれないから、できることはしておきたい。そんな気持ちに背中を押されてお願いしていた。

「ふふ、そうだよね、これからおちんぽを入れる場所は知っておきたいよね」

いつものからかうような笑顔を浮かべると、膝を立てて、割れ目が見やすいようにしてくれた。

ローアングルからM字開脚した先輩の脚は、いつもよりむっちり肉感的ですごくいやらしい。その中心……両手で割れ目を開いてくれている、一番いやらしい部分を注視する。

これが先輩のおまんこなんだ……。

ネットで『おまんこ』と検索すれば、いくらでも見れてしまう。

だが、そんな気軽に見られるのとは全然違った。割れ目の周りを囲む、肉のビラビラは黒ずんおらず上品で、その内側の粘膜はピンク色をして綺麗だった。

「それで……これがクリトリスよ」

人差し指を割れ目の上に持ってきて、上に引くようにすると、肉の豆みたいなのがひょこんと現れた。

「私のここはキミと同じで、皮に隠れてるの」

先輩の気持ちよくなる場所だ。舐め回してみたいけど、今は女性器の勉強に集中することにした。

「先輩……下の窪んだところが膣ですか？」

クリトリスとは逆の割れ目のお尻の方……落ち窪んだ部分がある。

「ええ、ちょっと触ってみて」

恐る恐る指で触れると、そこは確かに穴になっているようでそのまま入っていきそうだ。

「なんかヒクヒクしてますね」

「キミのおちんぽを迎え入れたいって……体が反応しちゃってるのよ」

先輩の意思とは関係なく、生物しての本能なんだろう。ただ、先輩の体に本気で求められていると実感して嬉しくなった。

「童貞を捨てるのはこのおまんこでいい？」

「も、もちろんです」

「じゃあ、そのままおちんぽ、大きくさせててね」

先輩はペニスを竿の中程を掴むと、自分の膣口に押し当てた。それだけでも脊髄に快楽を伴う電気が走り、脳まで痺れる。

「じゃあ、入れるよ」

「は、はい」

俺の返事を聞いて微笑むと、腰を下ろしてきた。

亀頭が滑った膣内に埋もれていく。

「入っていってるのわかる？」

「は、はい、先輩の中温かくて……段々下りてきて……はぁ、はぁ……」

「あともう少しで……奥までっ、んんっ」

ペニス全体がぬめぬめに包まれると、まとわりつくように絡みついてきた。

この中で蕩けてる感じがひとつになったってことかな……。

「はぁ、はぁ……これがセックス……俺、童貞を卒業したんですね……」

「そうよ、おめでとう」

「あ、ありがとうございます」

祝福されて喜びに浸っていると、先輩が急に驚いた顔をした。

「こ、腰動いてるよ」

無意識で腰を突き上げていた。気持ちいい部分に勃起ペニスを突っ込んだら、腰が動くのは本能なかもしれない。

「す、すみません、すぐに止めますから」

「いいよ、キミのしたいようにしてみて」

必死に本能を抑えて腰を止めようとすると、先輩は優しくそう言って上半身を倒して俺の上に体を預けてきた。

「せ、先輩？」

「下から私のことをギュッと抱きしめた方が、腰を振りやすいでしょ？」

言われた通り、下から先輩を抱きしめるとお互い体が固定されて、膣に出し入れしやすくなる。

制服越しのおっぱいの感触や、先輩の上半身の重さを感じながら夢中で腰を振る。

「これがハメるってことなんだ……はぁ、はぁ……おまんこ掻き回すのすごく気持ちいいっ」

「キミのもおちんぽも気持ちところに当たっていいよ……はぁ、はぁ……」

先輩も感じて発汗してるのか、においが強く感じられる。それで余計に興奮して、もうわけがわからなくなってきた。

「せ、先輩っ、うぐっ」

気づいたら射精していた。はじめての膣内射精だけど、それを味わうことすらできなかった。

「はぁ、はぁ……す、すみません……」

謝ってばっかりだ。完全に童貞のセックスで、恥ずかしく思っていると、先輩が上からキスをしてきた。

「んちゅ……ＵＲＰ中は妊娠しないから、いくら出しても大丈夫よ」

そういえばそういう話は聞いたことがある。残念なようなほっとしたような……複雑な気持ちだ。

「ふふ、まだカチカチだから続けてしましょうか」

「は、はい」

「じゃあ、今度はやんちゃな後輩くんに、本当のセックスを教えてあげるわね」

どんなに激しくされるのかと思っていたら、先輩は上半身を起こすと俺の手を取り、恋人繋ぎにして軽く腰をくねらせてきた。

「ほら、私の目を見て」

促されて先輩を見つめる。

「誰としてる？　見つめ合って、セックスしてる相手をちゃんと意識するの」

俺は明日菜先輩としている。それはわかっていたつもりだけど、初体験の衝撃に少し飛んでいた。

目を見つめて思い出す……憧れ続けていた先輩であることを……。

そして、憧れてるのは俺だけじゃない……。

「陸上部みんなの憧れの先輩とセックスできて……すごく嬉しいです」

「みんなは言いすぎじゃない？」

「でも、困ったことが起きた時はいつも先輩が率先して解決してて……みんなから頼りにはされてますよね？」

「困ったことか……ふふ、今はおちんぽが射精したいってお困り中みたいだね。みんなに頼りにされてる憧れの先輩が解決してあげるわ」

冗談めかしてそう言うと、改めて俺の手を握って、それを支えにしてお尻を上下させてきた。

さっき出した精液のせいで、膣内がぐちゅぐちゅで気持ちいい。

「せ、先輩……ぐっ」

今度は一人で勝手にイかないように、繋いでいる手を握り返して堪えた。

「はぁ、はぁ、また出ちゃう？」

「は、はい、出ちゃいそうだけど、先輩と一緒イキたいです……」

ここから脱出するためには相手にも気持ちよくなってもらわなきゃダメという理由もあるけど、それ以上に、憧れていた先輩を俺のペニスでイかせたい。

「じゃあ、もう少しおちんぽ硬くしたままでいて」

頷いて尻の穴にも力を入れて、必死に射精を堪える。

先輩も絶頂を迎えるために、額に汗をにじませながらさらに激しく腰を振りはじめた。

それを見ていたらなんだか、不思議な気持ちになった。

「はぁ、はぁ……俺、部活してる時の先輩の躍動してる姿が好きでいつも見てました……それが今、俺の腰の上でも今そんな風で……はぁ、はぁ……嬉しいですっ」

「はぁ、はぁ、私もキミのこと見ていたよ。一人でいつも頑張ってたよね、今も射精しないように頑張ってて、可愛いよ、んちゅ」

そう言って、俺の唇に吸いついてきた。

見ていたのが本当かどうかわからないけど、そんなことを言われてキスさられたら我慢できるわけもない。

「ふぁ、先輩っ！」

「もう少しっ」

歯を食いしばったけど、長くは持たなかった。

「ダメですっ」

どぱぁ！ びゅるるるるるるっ！

「射精きたっ、ん、んんんんっ！」

精液を膣奥に受けた先輩は、肩を竦めるようにして、体を硬直させた。

俺の射精で感じてくれてる⁉

無意識だったさっきと違い、想いを込めて、先輩の一番大切な場所に注ぎ込む。

「先輩、明日菜先輩っ！」

名前を呼んで、改めて精液を受け止めてもらえる幸福感を味わう。

「脈打って……まだ出て……あっ、ん、ん――――……」

最後は息を詰めて、体をぶるぶると大きく震わせた。

「はぁ、はぁ、先輩……」

「京一くん……は、はぁ……」

繋がったまま出し切ると、さすがに四回目の射精で力尽きたように、ペニスが萎んで膣から抜け出た。

次いで、ぐぷぷ……と、膣から大量に精液が垂れてくるのを見ながら、俺は先輩をイかせたと満足感に浸っていたけど……俺たちは部屋を出ることができなかった。

そう、先輩はイッてなかったのだ……。

※　※　※

「気持ちよかったよ」

先輩は慰めてくれたけど、部屋を出られないということは、満足させられなかったってことだ。

あんな拙《つたな》いセックスで、イかせたと思った自分が恥ずかしい。

今度こそ……そうは思うんだけど、さっきからペニスがまるで反応しない。

焦ってるから勃たないんだと思うけど、落ちつくことができない。このままセックスできずに、出られなくなってしまうんじゃないかという心配も湧き上がってきて、余計に焦ってしまう。

「どうしたの？」

「す、すみません、すぐに勃たせますから」

「焦らなくていいから、少し休もう」

「けど……」

「現実世界とここは時間の経過が違うって聞いたことない？　一日程度過ごしたとしても向こうでは一瞬だから」

「そうなんですか？」

「うん、だからイチャイチャしながら、ゆっくりキミのおちんぽがやる気を出すのを待とっか」

「イチャイチャ……」

「したくない？」

「し、したいです」

「素直でよろしい」

そう言うと、まだ着ていた制服の上着を脱いだ。

「するなら裸でイチャイチャの方がいいでしょ、キミも全部脱いで」

改めて裸になるというのは、恥ずかしい気はしたけど、言われるままに残りの衣服を脱いでいく。最後にパンツを下ろしながら先輩を見ると、背中に手を回してブラを外していた。

これが先輩の生おっぱい……。

現れた乳房はブラがなくても形は崩れなかったけど、一回り大きくなったように感じられた。

想像したより綺麗で……いやらしいおっぱいだった。

少し膨れた乳輪は下品にならない程度に大きめで、薄いサーモンピンクをしている。そして乳首はツンと上向きに突起していて形もよかった。

「先輩、触っていいですか」

「ええ、もちろん」

や、柔らかい……。

服の上から見た時は、鍛えられて弾力がありそう見えたけど、触ると指が簡単に埋まっていった。

ひとしきり揉みまくった後、乳首に手を伸ばし指先で摘まんだ。

コリコリしててクセになる感触だ。指で転がすように弄っていると、先輩が小さく呻いた。

「痛いですか？」

「ちょっとね。結構敏感だから、触るなら口でしてくれる方が嬉しいかな」

その提案は渡りに船だった。乳首に吸いつきながら逆の乳房を揉む。

「ちゅ、ちゅむ、れちゅ……」

舐めたり吸いついたりしていると、不意にこれが現実だと思えなくなって、視線を上げる。そこには俺を見下ろす先輩の顔が、ちゃんとあった。

ああ、現実なんだ……。

「ふふ、キミも気持ちよくしてあげる」

安心しておっぱいと戯れていると、先輩が俺の股間に手を伸ばしてきて、ペニスを弄ってきた。

気づけば、授乳手コキという状況になっていた。

包茎ペニスの扱いに慣れているのか、剥いたり被せたり、繊細に指を動かして、俺を昂ぶらせていく。

「おちんぽ大っきくなってきたね」

焦りは吹き飛んで、ペニスは完全に復活していた。

「セックス……しましょう」

「もういいの？」

「はい」

このままヌいてほしかったけど、乳房から顔を離して頷いた。

「じゃあ、次はどんな体位する？」

「今度は俺が主導権を握っていいですか？　次こそ絶対に気持ちよくしますから」

「それなら後ろからしてみる？」

先輩はそう言ってお尻を向けてきた。膣口がヒクつき、その穴から涎みたいに愛液が垂れてきていて、俺のペニスを待ってくれているように見えた。

「先輩、入れますね」

「ええ、きて……」

膣口に亀頭を当て、腰を押し出しながら具合を確かめる。

中はさっきよりさらに熱くなっていて、繋がった部分から溶けてなくなっていくような感じだ。

「……あれ？」

ペニスがあともう少しで全部入るというところで、亀頭が奥に当たった。

「大丈夫よ、そのまま押し込めば全部入るから」

がっちりと腰を掴み、先輩のお尻を引き寄せながら腰を前に突き出すと、膣奥を押し上げる形で俺の全てが埋もれた。

「あぁ……うぁ……あ……ぁ……」

先輩は途切れ途切れに声を漏らしながら、ビクンビクンと体を震わせている。

「痛いですか？」

「ううん、奥を突かれて、気持ちよくなってるのよ……はぁ、はぁ……」

言われて奥を亀頭で擦るように動かすと、先っぽにコリコリした感触があった。

「あ、あん、そ、そこ……し、子宮口で、女の子の性感帯だから……」

「ここを突けばいいんですね」

亀頭でそのコリコリを刺激するように、ペニスを突き立てる。

「う、うん、そこ、あ……い、いいよ……」

段々と腰が加速して、俺の下腹と先輩のお尻がぶつかり、パンパンと音を立てる。

「せ、先輩っ！」

「あ、ああ、んあぁ……ふぁ、あぁぁん」

はじめての時のように腰を動かすことだけに熱中しそうになって、思い出す。

セックスしている相手をちゃんと意識しないと……。

一本調子に突くのをやめて、時折、お尻の肉を手の平で弄びつつ、角度やスピードを変えてみる。

「あぁ、それいいよ、違うところが擦れて、あ、あぁ、ふぁっ！」

突き方によって先輩の反応が違う。一番感じるやり方を探す。

根本に力を入れ、反り勃とうとする力を利用して、背中側の膣肉を激しく擦りつける。

「あ、あぁ、ふぁ……あぁぁん」

亀頭で膣を擦り上げて最後に強く奥を突くと、先輩は気持ちよさそうな声を漏らした。

もっと感じさせるために、おっぱいに手を伸ばし、腰を動かしながら揉んでみる。

「あ、ああ、おまんこだけじゃなくて……おっぱいもなんて……いい……いいよぉ」

手の動きに合わせて、膣がギュッギュッと締まって俺も気持ちいい。

先輩を感じさせて、俺も感じる。射精じゃなくて、こうやって快感を与え合うのが楽しくて仕方なくなってきた。

「あ、あああぁ……キミのおちんぽすごく気持ちいい……はぁ、はぁ……」

「先輩のおまんこも気持ちいいですよ、いくら掻き回しても飽きないです」

「わ、私も飽きない、おちんぽずっと入れててほしいくらい……あ、あぁん」

嬉しい言葉だけど、快楽で気持ちよくなってる時は酔っぱらってるようなものだ。本気にしない方がいいだろう。

でも、悪い気持ちはしない。膣にペニスを刻み込むように腰を動かし続けていると、白く泡立った愛液がまとわりつきはじめた。

「んく……お、おお……」

甘い喘ぎ声も、呻くような声に変わる。

「せ、先輩？　苦しいですか？」

「きもちいい……からっ、らいじょうぶ……はぁっ、はぁっ」

こちらを向いた先輩の目は虚ろで、口元は緩み涎が垂れている。

そこまで気持ちよくしたことに満足感はあったけど、もっと感じさせたくなって、性感帯と言っていた子宮口を突きまくる。

「ひ、ひぃんっ、おちんぽぉっ、おちんぽいい……あ、あぁぁぁん」

気づけばいつものからかうような態度も、凛々しさもなくなっていた。

頭を振り、体を捩りながら淫らに高まっていく。

「先輩っ、思いっ切りイッてくださいっ！」

だらしなく舌を出しながら悶える先輩の膣を、額に汗をにじませながら滅茶苦茶に掻き回す。

「ひぃっ！　あっ、あっ、あひぃっ、イグッ、あ、あぁぁ、すごいのくるっ！」

とどめとばかりに思い切り突き上げた瞬間、先輩は背中を仰け反らせた。

「お、おおおおおおおおおっ！　のおおおぉぉぉぉぉぉぉ！」

さっきより大きな声で呻きながら、ブルブルと体を震わせていている。膣内もペニスから精液を搾るかのように締めつけてきた。

こ、これが絶頂の膣なんだ……複雑に絡みつくように締めつけてきて……すごい気持ちいい！

「お、俺も……出るっ！」

どぴゅるるるるるるるるるっ！

「ん、んんんっ！」

イッた女性に精液を注ぎ込むのはとても幸せだった。同時に、男しての本能なのか、先輩を支配したようなような気持ちにもなってくる。

「はぁ、はぁ、せーえきいっぱいれまたイッちゃうっ！」

射精でさらなる高みに導かれたようで、涎だけじゃなく、涙や鼻水を出して悶えまくる。

ここまで見せてくれてるんだから、きっとこの部屋から出ても恋人同士にでいられるに決まってる！

そんな確信をしながら、全て出し切るつもりで射精する。

「あ、あぁぁ、あ、あぁぁ……あぁ……」

もがくようにしながら絶頂を味わい尽くしている先輩の顔をこちらに向けて、キスをした。

「ちゅ、ちゅゅ、先輩、れちれちゅ」

「れろれろ……きょーいちくぅん……ちゅぱぁ」

舌を吸い、唾液も吸い込みながら、射精が終わってても繋がり続けた。

「はぁ……はぁ……」

たっぷり余韻を愉しんでペニスを引き抜く。

「先輩、よかったです」

ぼーっとしている先輩にもう一度キスをしようとして、部屋の壁にファンタジーとかで見るような両開きのドアが現れた。

※　※　※

気づくと校舎裏に先輩と一緒に立っていた。

「戻れた……みたいね」

「先輩……」

現実世界でもキスをしたくて、顔を寄せようとして驚かれてしまった。

「キミ、覚えているの？」

「覚えてるってどういうことですか？」

「あの部屋であったことは忘れていることが多いのよ」

落ちついた声で言われて、段々とセックスの余韻が薄れてきて俺も冷静になってきた。

「俺は覚えてますよ」

「そう……こういう場合、どうしたらいいのかしら……」

忘れられると思っていたからあんな大胆なことができたってことか？

「京一くん」

どう判断していいか悩んでいると、名前を呼ばれて顔を上げた。すると、先輩の顔のドアップがあって……唇を寄せてきた。

「ん⁉」

「んちゅ……ちゅ、キミの協力のおかげて脱出できたわ、ありがと」

キスしてそう言ってくれた。

「せ、先輩……」

キスは嬉しかったけど、どう反応したらいいかわからない。

「あの場でのことは、一般的にはなかったこと扱いだから、気にしなくていいからね」

「え？」

やっぱり先輩が何を考えているかわからない。

少なくとも、これからつき合おうとかそういうことはないみたいだ。

それも当たり前かもしれない。セックスしたとはいえ、俺は自分の気持ちをちゃんと伝えてさえいなかった……。

第2章 幼馴染みの同級生と閉じ込められる（困惑）

地元の人間がほとんど来なかった大翁学園だけど、クラスメイトに幼馴染みが一人いた。

学年でも三本の指に入るくらい男子に人気がある高瀬恋だ。

クラスヒエラルキートップ女子グループの中心にいる彼女は、いつもイケてる男子たちに話しかけられて楽しそうにしている。

「それマジ？　うん、いいよ、帰り寄ってこ」

俺が部活で汗を流している時に、何か面白いことをするみたいだ。

学園生活をエンジョイしている高瀬を眺めて、俺は複雑な気持ちになっていた。

入学してからほとんど話してない……。

もっとも幼馴染みといっても、特別仲良かったわけじゃないけど……。

俺の地元の住宅街では、誰かの家にみんなで集まってゲームをするということが多くて一緒だっただけだ。

その頃の高瀬は、みんなに憧れられていた。

それは可愛いだけじゃなく、ゲームがとんでもなく上手くて特別な存在だったからだ。

高難易度のゲームも一人だけクリアできたし、対戦で遅れを取ることもなかった。

小さい頃の男子にとってそれは重要な点で、当然俺も高瀬に夢中だった。

水泳の授業があった日、高瀬のスクール水着姿が頭から消えず、無意識に床にペニスを押しつけて精通してしまったくらいに……。

だから、みんなでドラゴンを狩る協力ゲームをしている時に、高瀬に『あんた、ヘタクソすぎなんだけど』と言われ、それ以降は一緒にプレイしてもらえなくなってしまったのは、トラウマになるほどの出来事だった。

その後、認めてもらいたくて、ゲームをかなりやりこんだ。

今じゃ立派なゲーマーではあるけど、上手くなった頃には、高瀬はゲームをやらなくなり女の子たちだけと遊ぶようになってしまっていた……。

今は音楽やファッションの流行を追っている、普通の女の子って感じだ。

俺は改めて、イケてる男子たちと話している高瀬を見つめた。

容姿は昔とあまり変わっていない。

小さい時に可愛いと、歳を取った時微妙になることがあるから、成長しなくてむしろよかったとは思うけど、中身は俺を初射精に導いたゲームが上手い特別な女の子じゃない。

だから、無視されているような状況をなんとも思わないようにしてたんだけど……。

本当は悔しいんだろう……。

ＵＲＰを経験してから、あの部屋に高瀬と閉じ込められたいと思うようになっていた。

※　※　※

「ちょ、ちょっと起きてよっ」

目を開くと、可愛らしい高瀬の焦った姿があった。

「え？　あ……」

なんで高瀬に起こされてるんだ？

しかも、授業中だったはずなのに、俺は仰向けに寝ていた。

いったいこれは……？

「いったいどういうことなの⁉」

こっちが訊きたいことを先に問い詰められて、俺は返答に困ってしまった。

寝起きの少しぼーっとする頭で周囲を見回すと、見たことのあるようなワンルームのような部屋で……俺は理解した。

どうやら明日菜先輩と閉じ込められてから一週間しか経っていないのに、またURPが起こってしまったみたいだ。

マジか……高瀬とは閉じ込められたいって思ってたけど……。

「高瀬は今までURPに遭ったことは？」

俺が元凶と思っているのか、睨みつけてくる高瀬に尋ねる。

「ゆ、URP⁉　それって……」

「ここはその……セックスしないと出られない部屋ってやつだと思うよ」

「あんたが連れ込んだとかそういうんじゃないの？」

「い、いや、そんなわけないだろ」

高瀬と閉じ込められたいと思っていたので少し狼狽《うろた》えたけど、これはあくまでＵＲＰだ。俺に責任はない。

「不特定の男女っていう話だけど、意外と近くにいる二人が閉じ込められることが多いって聞いたことない？」

俺は先輩とのことがあった後、色々と調べたのだ。

「ほら、さっきまで俺たちは同じ教室で授業受けてただろ？」

「それは……教室で急にくらっとして……気づいたらここにいたけど……」

そう伝えるとＵＲＰを認める気になったみたいで、がくんと項垂《うなだ》れた。

俺は改めて高瀬を見つめた。

これからセックスできるんだよな……。

精通させられた相手とできるなんてドキドキしてくる。

「そんなにショックを受けなくてもちゃんと出られ――」

「近づかないでっ！」

まず落ち込んでいる高瀬を慰めようとしたら、全力で拒絶されてしまった。

「先に言っておくけどあんたとなんて絶対に嫌だから！」

とだ。
つまり、お互いが気持ちよくなるセックスができずに、出られなかった人は多いってこない人は結構な数がいることがわかった。
そう窘めながらも俺が落ちついていなかった。前に調べたら神隠しに遭ったまま帰って
「ち、ちょっと落ち着けよ」

ここで朽ち果てるなんてそんなの嫌だ……。

「高瀬、無理矢理なんてありえないから、そんなに身構えなくてもいいよ」

リラックスさせるために笑ってそう伝えると、怪訝な顔をされてしまった。

「……なんか随分落ちついてるわよね」

「俺は実は二回目なんだよ」

「は？　何それ、前にあったってこと？」

「そういう人がいるってネットとかで見たことない？」

「なくはないけど、本当にそういうのあるんだ……」

調べてみると複数回ＵＲＰを経験したという報告は多い。先輩の言う通り、セックスは世の中に溢れているみたいだ。

「つまり前の時……したってことよね」

「まあそうだね」

「あんたは誰でもいいんだ」

「え⁉」

「最低ね、誰でもいいなんて人となんて私は絶対に嫌」

　余計に警戒されてしまった……。

「べ、別に誰でもいいってわけじゃなくて、俺だってちゃんと相手のことを考えてるぞ」

　説得しようと試みたが、返事もしてくれない。

　高瀬は完全に俺を無視して一人で部屋を調べはじめた。

※　※　※

　仕方なく、俺も部屋を調べてみた。

　前と少し違うみたいだけど、一人暮らしのワンルームって感じで、レイアウトはほぼ同じだ。

「ちょっとユニットバス見てくるよ」

　返事はなかったが冷静になってもらうためにも高瀬を一人にすることにして、俺はバスルームの中に入ってドアを閉めた。

　落ちつけば、高瀬もここから出るためにはセックスするしかないとわかるはずだよな……。

　もしわかってくれなかったらどうする？　……無理矢理でもする？

　いや、そんなの嫌だし、高瀬を気持ちよくできると思えない。

なんとか同意してもらえるように持っていかないと……。

そう思った瞬間だった。

バキッ！　と大きな音が聞こえてきた。

なんだ⁉

慌ててバスルームから出ると、部屋に備えつけてあった小さいテーブルがひっくり返っていた。

「どうした？」

「はぁ……はぁ……」

壁を睨みながら息を荒らげている。

テーブルを投げつけたのか？

ヤケになったんだろうけど、そんなことをしても壁は破れないと思う。

「高瀬、ちょっといいか」

改めて話し合おうと声をかけたが、また無視されてしまった。

「何をするにしても協力した方がいいんじゃないか？」

「………」

「あ、あのな、そんなに俺のこと嫌いなのか？」

改めて訊くと、やっとこっちを向いた。

「別に嫌いじゃないわ。なんとも思ってないだけ」

高瀬は本気で感心がないんだろう、冷めた目で俺を見ながらそう告げた。

昔から知っている間柄で、嫌いと言われるより酷いかもしれない。今度は俺が何も言えなくなってしまった。

その後、お互い無言のまま無駄に時間が過ぎていく。

ここに来てどれだけ経っただろう？　なんとなくお腹に手を当てた。

調べたところによると、ゆっくりだけど腹は空くらしい……。

今はまだ大丈夫だけど、空腹で体力が尽きてしまったら、セックスすることもできなくなってしまう……。

その恐怖が俺の背中を押す。これ以上、無駄に時間を消費するわけにいかない。

「高瀬、ここでしたことは、なかったこと扱いになるって知ってるよな？」

先輩にも言われたけど、脱出した後はなかったこととして扱うのが基本だ。

「それがなんなの？　なかったことになるから、セックスしようとでも言いたいの？」

さすがに高瀬も手詰まりを感じているのか、無視はせずにすぐに答えた。

「だいたい、ただセックスすればいいって話じゃないでしょ？　気持ちよくならないといけないのよ。だから、あんたとは無理って言ってるの」

俺としても気持ちよくならないってことか……。

「だとしても、ここから出るために試してみてもいいんじゃないか？」

「嫌よ、試しにやってみて失敗したら処女を失うだけになるじゃない」

「え⁉」

俺は高瀬の言葉に驚いてしまった。

「何よ、私の言ってること間違ってる？」

「いや、そうじゃなくて、高瀬って処女なのか？」

「どこに食いついてるのよ！　そんなの当たり前でしょ！」

てっきりいつも集まってくる男子とそういうこともしてると思っていたので、口を滑らせてしまった。

「ごめん、そうだよな」

謝りながらも、処女だとわかって、よりセックスしたくなっていた。

なんとしてでも説得しなきゃ……。

「ええと、つまり高瀬は気持ちよくなれる確信があるなら、セックスしてもいいんだよな？　まずは愛撫するからそれで試すのはどうだ？　それなら処女を失うことはないだろ」

「嫌よ」

「どうしてだよ？」

「そんなの決まってるでしょ」

「ああ、そうか、ここまで言っておいて、触られて感じたら恥ずかしいもんな」

単純に俺に触られるのが嫌なんだろうと察したが、軽く挑発する。

だが、怒ったりせず高瀬に冷たい目で見られてしまった。

言い方失敗したか……。

「いいわ、感じないってことわからせてあげる」

「え？ それって……」

「愛撫してみればいいじゃない」

もしかして、挑発に乗ったのか？

わからないけど、これはチャンスだぞ。

※ ※ ※

高瀬は部屋の中央に備えつけられているベッドにうつ伏せで寝転がった。

「触ってもいいわよ、でも、嫌って言ったらすぐにやめてよね」

高瀬はそう言い捨てると、俺を見たくないとばかりに自分の顔を枕に埋めた。

胸や股間に触れたら、すぐに嫌と言われそうだったので、触られるのに慣れてもらうためにも、まずは首筋や肩を揉む。

親に頼まれていつもやっているから、こういったマッサージには自信がある。しばらく揉んでいると、高瀬は心地よさそうな吐息を漏らした。

「気持ちいい？」

「マッサージとしてはね、性的なものじゃないから勘違いしないで」

これじゃダメだ。ゆっくり感じさせるつもりだったけど、一気に進めることにした。

うつ伏せのままの高瀬の後ろから、シーツと体の間に手を差し入れるようにして胸に触れる。

正直小さすぎて、服の上からじゃ特別な感触はないけど、昔好きだった高瀬の胸に触れられてドキドキする。

「憧れてた高瀬の胸に触れられて嬉しいよ」

「……憧れてたの？」

「滅茶苦茶ゲーム上手かったから……好きだったよ」

「そう……」

思い切って伝えたのにあまり反応がなかったが、高瀬を感じさせるために優しく揉み続ける。だけど、先輩にした時のように甘い声を上げさせることはできなかった……。

「……ぐっ」

むしろ時折、嫌そうな呻き声が出るだけだ。

このまま続けても、触られる嫌悪感が増すばかりだよな……。

仕切り直そうと手を離す。だが止めたのに気づいてないのか、高瀬は枕に顔を埋めたままだ。

まさか寝てないよな？

肩を掴んで引っ張って顔をこちらに向けさせる。

え？ なんで……。

高瀬の目がとろんと蕩け口元が緩んでいた。その表情は明らかに嫌悪感じゃない。

「た、高瀬、その顔」

「ちょっ、ちょっと見ないでっ！」

「もしかして感じてた？」

嫌そうな呻き声は、感じてるのを堪えてたってことか⁉

それを確認するために、顔を見ながら改めて小さな胸を揉む。

「ちょ、ちょっとやめてっ、くっ、んっ……」

声は苦しそうだけど、表情は明らかに感じている。

続けて太股にも触れる。高瀬はすごく敏感で、どこに触れても声を上げた。

「ひっ、あ、あくっ、や、やめてって言ったらやめるって、約束じゃない」

「本当にやめていい？」

そう言って、スカートの上から股間に触れる。

「ひっっ！」

指で股間を擦るように動かしたが、高瀬は逃げずに俺の愛撫を受け続けている。

「な、何これ、ゾ、ゾクゾクして……はぁ、はぁ……」

腰をガクガクと震わせている。これって明日菜先輩より感度がいいんじゃないか？

「ここから出るためなんだから、感じても恥ずかしくなんてないぞ」

そう言ってスカートの中に手を入れて、パンツの上から割れ目を擦る。

「な、何これ……んんっ！」

「オナニーより気持ちいい？」

「そ、そんな恥ずかしいことしないわよ」

「え？　マジ⁉」

オナニーもしたことないということに困惑したけど、同時に高瀬に俺ははじめて性的な快感を味わわせることができるということに興奮した。

このまま押していこう！

「あ、ああ、熱い……体が熱くなってきた……はぁ、はぁ……」

「じゃあ、脱いじゃおう、ほらほら、腕を上げて」

強引にバンザイさせて制服の上を脱がすと、ぱかっと開いたツルツルの腋の下が魅力的に見えて、思わず吸いついてしまった。

「な、何してるの⁉」

「あ、ごめん、でも、高瀬の腋、綺麗だなって昔から思ってたんだよ」

確か精通したのも、スクール水着で腋の下を晒すように準備運動をしている姿を思い浮かべていた時だ。

「き、綺麗って、そんなところ汚いわよ」

「大丈夫、汚くなんかないよ。フェロモンなのかな？　甘酸っぱいにおいもしてうっとり

するよ」

「バ、バカ、変態っ」

そう言いながらも抵抗は弱い。後ろから抱きつきながら腋に舌を這わせると、高瀬の体から力が抜けていった。

「い、嫌だ、こんなの……」

開いた腋を舐めながらスカートを脱がし、パンツの上から股間を愛撫する。

「ちょ、ちょっと、そこはダメぇ」

ダメと言いながらも、体は完全に俺を受け止めてくれているのがわかる。

「れろれろ……高瀬の腋美味しいよ」

「そんな……ホントにダメっ、ダメになるっ」

腋を舐めながらの愛撫に、イヤイヤをするように首を振り、激しく悶える。

「ダメじゃないぞ、感じてる高瀬は可愛いよ」

「こ、こんな姿、可愛いって言われても……嬉しく……ないっ」

まだ強がる高瀬を早く絶頂に導きたい。そして、快楽で放心している顔を見たい。

「お、おかしくなる！　あ、あああっ！」

はじめての絶頂に向かって体を震わせる。

「も、もう！　んぐっっっ！」

「高瀬、イッていいぞっ」

パンツの上からクリトリスを擦るように刺激した瞬間、何かを解放するように体を反らせた。

「んおおおおおおぉぉぉっ♥」

背筋を弓のように曲げて、喉奥から呻くようにイッている。

オナニーも経験したことない高瀬の絶頂は、本能のままに性の悦びを表現しているように見えて、その迫力に俺は見とれてしまった。

「お、おお……んんんんんっ♥　んんーーーーーーっ♥」

目が虚ろになり、体を大きくビクン、ビクンと不規則に震わせる。

高瀬はそうやってイキ続け……ついには全身を弛緩させた。

「はぁ、はぁ……はぁ、はぁ……」

虚脱《きょだつ》した顔が色っぽい。

俺がそうさせたんだよな……。

高瀬をイかせたことは、自分がイッたこと以上に満足感があった。

※　※　※

「すごかった……セックスはもっと気持ちいいのかな……」

一息吐いた後、呟くように言った。

「絶対したくないって言ってたけど、してみたくなったみたいだね」

意地悪してそう言うと、拗ねたような顔をした。

「い、未だにしたくないわよ、したいのはあんたでしょ？　私に憧れてるんだから」

取り繕うように怒る高瀬が可愛い。

今までは何を言っても無視か冷たい反応だったので、こんな態度を取ってくれるのが嬉しくて、さらに意地悪を言いたくなってしまう。

「憧れてたってのは、大昔の話だよ」

「大昔って……今は魅力がないっていうの⁉」

「まあそういうことになるかな。実のところ俺も本当は高瀬とそんなにしたくないよ」

「は、はぁ？　何それ、信じられないんですけど！」

女の子と他愛ない憎まれ口をたたき合うなんてリア充みたいだ。こんな経験なかったから楽しい。

「ははは、冗談だよ。高瀬のこと魅力あるとは思ってるよ。ただ、憧れてたのはゲームが上手かったからで、今はしてないだろ？」

「……ゲームは今でもやってるわよ」

「そうなのか？　何やってるの？」

まあパズルゲームとかならやってるよな。

「『戦乱ワールドオンライン』って知ってる？　最近はそれね」

「マジ？」

ライト層向けのゲームかと思ったらガチだった。舞台は戦国、合戦に参加した１００人のプレイヤーが命を奪い合う、Ｅスポーツにもなってる和風バトルロイヤルゲームだ。

「それ俺もやってるよ！　どこのサーバーでやってるんだ？」

一緒にやりたくてそう訊くと、フフンと笑った。

「私はＧＹＦＵサーバーよ、可憐って名前でやってるわ」

「俺もＧＹＦ……ん？　可憐？　あの可憐!?」

「ええ、その可憐ね」

そう言って会心のドヤ顔をした。

『信長の嫁』の異名を持つ『可憐』はランキング上位の常連だ。

「ま、まさかこんなところで『戦オン』の有名プレイヤーにお会いできるとは……」

「ゲームをしてるとバカにされるから隠してたけど、あんたには効果的ね。これで私に対しての憧れを取り戻したでしょ」

プロもいるゲームでトップランカーなんて憧れるしかない。

「ああ、取り戻したよ……いや、それ以上だよ。今度チーム組んで一緒にやろうぜ」

「どれぐらいの腕なの？　ランキング下がるからヘタクソとはお断りなんだけど」

「……ヘタクソ」

「ん？　渋い顔してどうしたのよ？」

高瀬の『ヘタクソ』という言葉で、過去のトラウマが蘇ってきてしまった。

「いや、昔ドラゴンを狩るゲーム、地元で流行ってただろ。高瀬とやった時『ヘタクソ』って言われて、二度と一緒にやってもらえなかったこと思い出してさ」

「そんなこと言った？」

「覚えてもないいんだな……」

「わ、悪かったわよ、いいわ、その代わりってわけじゃないけど、一緒にやりましょ！」

俺が落ち込んでいるのを気にして、そう言ってくれた。

一緒にゲームをやってくれるって言ってくれたのは嬉しかったけど、それ以上に気遣ってくれたのが嬉しかった。

俺のことをどう思っているかわからないけど、少なくとも全く興味のない相手じゃなくなったみたいだな。

「じゃあ、高瀬とゲームをするためにも、ここから出ないとな」

「まあそうね……」

「ってことは、セックスするってこと……納得してくれるのか？」

真正面から見据えて尋ねると、一瞬驚き、そしてまた拗ねたような顔をした。

「さっき本当は私としたくないみたいなこと言わなかった？」

「冗談って言ったろ、俺は高瀬としたいよ」

「じゃあいいわ……しっかり気持ちよくしなさい」

処女を奪われることに色々な想いはあるだろう。でも、納得してくれたみたいだ。

とにかく、これで同意の上でセックスできることになった。

「ありがとう、いいセックスしような」

「まあそうね……」

後は高瀬を全力で気持ちよくするだけだ。

「高瀬、キスしていいか？」

「な、なんで⁉」

「セックスする前にはするものだろ？」

そう答えると高瀬は少し迷った後、目を瞑った。

俺は明日菜先輩とキスしたことで、その素晴らしさを知り、女の子としたくてたまらなくなっていた。

処女の高瀬を騙したような気はするけど、またできることを喜びながら、顔を寄せていく。

「ファ、ファーストキスなんだから感謝してよね」

処女だけじゃなくて、唇のはじめてももらえる⁉

キスの直前でそんなことを言われて、俺は昂ぶってきてしまった。

「ありがとう、高瀬……んちゅっ」

「ん、んぅっ、ちゅ、ちゅむ……」

昔したかった気持ちも込めて唇を吸う。

「ぷはぁ……」

唇を思い切り堪能して顔を離すと、高瀬の目は愛撫した時のようにトロンとしていた。

ぼーっとしているうちに高瀬をベッドに横たえて、下着を脱がしていく。許可を取らずにどんどん進める。

ブラを外すと、驚いたように体を縮こまらせたが、気にせずパンツも下ろす。

「は、恥ずかし……」

ついに高瀬は俺の目の前に裸を晒した。

小振りな胸に、桜色の可愛らしい乳首……そして、股間は毛がほとんど生えておらず、脚を閉じていると、シンプルな縦の割れ目しか見えない。

「すごく可愛いよ……」

こんな幼い体型の女の子とセックスすると思うと、完璧なプロポーションだった明日菜先輩とは違った意味でドキドキする……。

早く高瀬と繋がりたい。我慢しきれず俺も一気に服を脱いで裸になった。

「あ、おちんちんもうそんなに……あっ」

高瀬は俺のペニスを見て目を丸くしていたが、先っぽを見てふっと笑った。

「それって包茎って言うのよね？」

し、しまった、また脱ぐ時、剥き忘れた……。

「大丈夫、仮性ってやつだから」

慌てて自分でペニスを剥く。

「にゅるんて赤い丸っこいのが現れて、それ果物かなんか？　あははは っ」

ツボったのか、さっきまで恥ずかしがっていたのを忘れたかのように大笑いした。

リラックスできたのはよかったけど、ガチで笑われて俺が恥ずかしくなってしまった。

「笑いすぎだっ」

高瀬もまた恥ずかしくしてやろうと、足首を掴んで股を広げさせたが、おまんこの内側は見えなかった。まだぴったりと閉じて、お尻の方まで一本線になっている。

「高瀬のおまんこもよく見せてもらうな」

「ちょ、ちょっと……んっ」

むっちりした大陰唇を左右に引っ張るようにして、割れ目を広げると、ピンク色の内側が見えた。

先輩と全然違う。小陰唇のビラビラはほとんどなく、ただのスリットって感じだ。

そして、割れ目のお尻側……膣口がある場所に、小さな肉襞みたいなのが重なっている。

これ処女膜か……？　これからここを破るってことだよな……。

「わ、私のそこ……変？」

「変じゃないよ、高瀬の可愛いおまんこに見入ってるだけだよ」

「そ、そう……」

「じゃあ、しようか」

正常位で繋がるために、仰向けに寝そべる高瀬の脚の間に入って、ゆっくりと性器同士を近づけていった。

亀頭と割れ目の内側が、吸いつくようにくっついた。

ぬとぬとした粘膜の接触に、まだ入れてないのに、ひとつになったような、蕩けるような感覚が訪れる。

「はぁ、はぁ……」

高瀬は体をブルブルと震わせている。

相性がいいのかこれだけで気持ちいい。膣内に挿入したらどれだけの快感なのだろうと、期待が膨らむ。

「い、入れるのよね？」

「ああ、高瀬のはじめてをもらうな」

処女をもらえることに改めて感謝して、膣口に当てていた亀頭を押し込んだ。

「ん……んっ、んっ……」

なかなか入っていかない。先っぽで挿入を阻んでいるのは処女膜だろうか？

「もう少し力を入れるから」

高瀬の腰を掴んで引き寄せるようにしながら、ペニスを処女口に押し込む。徐々に力を強めていくと……不意に亀頭の先でプツンと何か弾けた。

「ひぁっ⁉　ん、んぐっ！」

処女膜を破った⁉

亀頭が埋《うず》まるのを見て、高瀬のはじめての男になったという満足感で、鼻がツーンとするほど昂ぶり、同時にゾクゾクとする甘い痺れを持った快感が背筋を走り抜けた。

「い、い、痛い……」

「だ、大丈夫か？　耐えきれないなら抜くぞ」

「はぁ、はぁ、抜くって……先っぽだけでいいの？」

「もちろん、全部入れたいけど……」

「はぁ、はぁ、だったら最後までして。こんな中途半端でやめても意味ないでしょ」

処女膜は破ったけど、亀頭をぎゅうぎゅうと押し出すように締めつけている。

そこを無理して挿入することに、少し抵抗はあったけど、してと言っているのに、抜くなんてできなかった。

「じゃあいくぞ」

高瀬の膣の感触をペニス全体で味わうために腰を押し出す。

「は、入ってくる……ん、んぁ……はぁ、はぁ……私を広げて……あっ、くぅ……！」

すごい、これが高瀬の膣か……！

先輩の中に入れた時は、引き込まれるような感じだったのに、高瀬の中は異物を嫌い攻撃するかのような強烈な締めつけだ。だが、そこを無理矢理入れるのはとんでもなく気持ちいい。

改めて高瀬を見ると、最高の心地の俺とは違い、痛みを必死に耐えていた。

我慢してくれている高瀬が愛おしくなって唇を求めた。挿入しながらキスをする。

「ん!? ちゅ、ちゅゅゅ、ちゅむっ」

痛みから逃れるように、高瀬の方から激しく唇を求めてきた。

「れろれろぉ……ちゅ、ちゅぱ」

やっぱり、キスしながら繋がるのいいなぁ……。

最後はベロチューしながらペニスを全て挿入して、口を離した。

「はぁ、はぁ……ぜ、全部入ったんだよね?」

「ほら、見てみな」

高瀬は頭をもたげて、結合部を覗き込んだ。

「おちんちん見えなくなってる……」

「高瀬の中に完全に入ってるってことだよ」

「そっか……ここでビクビクしてるのそうなんだね……」

高瀬は下腹を撫でながらしみじみ言った。

その後、俺たちは高瀬の痛みが引くまで動かずにいた。

「不思議な気持ち……あんたなんかとセックスしてるなんてね……」

この後どうしようか考えていると、高瀬はそんなことを言ってきた。

「『なんか』って酷いな」

「しょうがないでしょ、本当になんとも思ってなかったんだから」

「そ、そうか……」

事実を言っただけなんだろうけど、そんなことを言う高瀬をペニスで感じまくらせたくなってしまった。

「高瀬、そろそろ動くな」

「あ、うん……」

ゆっくりペニスを引き抜き、また入れる。それを繰り返す。

「う、うぐっ……おぐっ……んぁっ、はぁっ、はぁっ……んんっ」

腰使いに合わせて苦痛の呻き声を漏らす。

痛がっている高瀬を感じさせるために、どうしたらいい？

先輩のアドバイス、セックスしている相手のことを考えるように言われたのを思い出し、高瀬のことを改めて考えてみた。

子供の頃好きで……この学園で同じクラスになったけど、相手にされてなくて……。

それがなんでもないことだと思っていたけど……そう思い込もうとしてただけだ。

こっちは意識してるのに全然仲良くなれなくて逃げていた……。

今日だってクラスの男子たちと仲良く話してるのを見て、本当は『なんで俺とは話してくれないんだ』って思ってた……。

そうか、これが俺の想いか……。

考えていた以上に、鬱屈した感情があったみたいだ。

「高瀬と今セックスできて、すごく嬉しいよ」

改めてそう伝えて、小さな体に覆い被さるように抱きつき、想いを込めてゆっくり処女膣を掻き回して、俺のペニスの形を刻み込んでいく。

「ん……ん、くぁ、あ、あぁぁ……」

苦しそうな呻き声の中に、僅かに色を帯びた声が混じりはじめた。

「あ、あぁん……な、何これ……ふぁ……あ、あぁ……」

声の変化と同時に膣内が滑《ぬめ》ってくる。スムーズに出し入れできるようになり、いやらしい水音も立ちはじめる。

「あっ、んっ、咲間のが私の中で、いっぱい……動いて……あぁっ、んんっ」

感じると同時に、膣も俺の形を覚えたかのように纏わりつき、カリの裏側まで擦れる。

「ヤ、ヤバイ、俺もうっ」

「射精ってこと？　私の膣に精液出すの？」

「ああ、出すよ、俺のことを二度と『なんか』って言わせないように、思い知らせるっ」

「そんな……お、思い知らされちゃう……あ、あぁぁぁ……！」

「たかせぇぇぇっ！」

子宮口をノックするように小刻みに腰を動かし、最後、思い切り腰を押し出して滾りを解放した。

どぴゅるるるるるるっ！

「っ!? あ、熱いのが、奥にっ！ ん、んんっ、ま、またさっきみたいなのがくるっ！」

射精を膣奥で受けて、高瀬は体を強張らせた。

「お、おおおん♥ おおおおおーーーーー♥」

可愛らしい容姿に、ちょっと下品なイキ声がいやらしい。

強烈に締めつけてくる膣内で、ペニスを脈打たせながら精液を吐き出していく。

「お、お、おお……すご……セックスすごい……はぁ、はぁ……」

はじめてのセックスで絶頂を迎えた高瀬は、小さな体全体を震わせて長い間快楽の余韻に浸っていた。

呼吸が整ってからペニスを引き抜くと、ヒクヒクする膣口から血液が混ざった精液が流れ出てきた。

俺が本当に高瀬の処女を散らせたんだな……。

「何見てるの？」

「あ、いや……」

した後のだらしなく開いた性器を見られるのは嫌だろう。慌てて視線を逸らすと……ここから出るためのドアが出現しているのに気づいた。

よかった、今回は一回で二人とも本当に気持ちよくなることができた。

「高瀬、ドアだぞ、あそこから現実に戻れるぞ」

そう伝えると、高瀬は困ったような顔をした。

「嬉しくないのか？」

「それより訊きたいんだけど……ちゃんと私に思い知らせることはできた？」

「あ、うん、できたと思うけど……」

射精と共に鬱屈した気持ちを吐き出した。これから新しい気持ちで高瀬とつき合っていける、そんな気がする。

「じゃあ、私の番ね……」

「は？」

「はぁ、はぁ……今度は私が思い知らせる」

なんだろう、高瀬の目の色が違う。

「な、何を思い知らせる気なんだ？」

「これだけじゃ満足できないってことをよっ」

ドアは出ていてもうする必要はないのに、俺を押し倒してきた。

「はぁ、はぁ、こうよね？」

高瀬は仰向けになった俺の股間の上に乗ると、自らペニスを入れて腰を動かしはじめた。

はじめはぎごちなかったけど、すぐに自分が気持ちよくなれる動かし方がわかったよう

だ。巧みに腰を振って、自身の性感を高めていく。

「あ、ああ……自分から動くって……いいけど……もっと気持ちよくなりたいっ」

「はぁ、はぁ……だったら、恋人になってセックスしないか？」

この前先輩としたやり方を提案してみた。

「こ、恋人？　何言ってるのよ、無関心じゃなくなっただけで、好きとかそういうんじゃないんだから！　勘違いしないでよね！」

「わ、わかってるよ」

初対面なら一目惚れとかあるけど、子供の頃から知ってて無関心だった男を、急に好きになるわけがない。

「セックスしてる今だけってことだよ、その方が気持ちよくなれると思うぞ」

俺がそう伝えると、高瀬は腰の動きを止めた。

「ちょっと手を出してっ」

言われるままに手を前に出すと、指に絡めるようにして掴んできた。

「恋人だったらこうやって手を繋ぐものでしょ？」

どうやら、恋人のふりはするみたいだ。

「あんたのこと……す、好き……」

「俺もだよ……」

微妙な空気が流れる。お互い、昔から知ってるだけあって、逆にやりづらい。

「そんなに気持ちよくならないけど……」

もっと恋人になりきってもらわないと無理だよな……。

「恋人だったらしてみたいこととかないか？」

「してみたいこと……」

「何でもいいぞ」

そう言うと高瀬は俺の顔を覗き込むように見つめてきた。

「あんたに唾垂らしてみたい、恋人なら喜んで飲んでくれるわよね」

高瀬は妙な性癖を吐露してきた。

それがしてみたいことなら受け止めるだけだ。

「いいよ、垂らしてくれ」

そう言って口を開くと、高瀬は唾液を溜めて舌を出しながら垂らしてきた。

「れぅ……」

舌先から唾が伸び……俺の口に入る。

「ん……ごくんっ」

果物のような甘酸っぱい味がする。高瀬の唾液ならいくらでも飲めそうな気がした。

「もっと飲ませてくれ」

そう言うと、今度は嬉しそうにキスして唾液を送り込んできた。

「ちゅ、ん、ぢゅむ……んく……れちゅ」

「ちゅむ、ごくごく……ぷぱぁ……」

口の中にたっぷり注がれた唾液を飲み込むと、高瀬はうっとりとして俺を見つめてきた。

「美味しそうに飲むね」

「恋人の唾液なら美味しいよ」

「それなら、あんたのも飲ませて……」

そう言って改めてキスをしてきたので、今度は俺の方から唾を注ぎ込む。

「ちゅ……ぢゅっ、ん……ごくん……」

高瀬も俺の唾液を喉を鳴らして飲んでくれている。

「ぷはぁ……美味しいかも……」

「じゃあ、飲ませ合おう」

下で繋がりながら唾液の交換をする。

ちょっと変態的な恋人セックスに、異様に昂ぶってきた。

「高瀬、俺も動いていいか？　恋人を感じさせたい」

「ええ、感じさせて♥」

恋人に入り込んでいるのか、本気で愛おしそうに見つめてくれる。

女の子が発情した時の甘酸っぱい香りを吸い込みながら腰を動かす。

「いいっ、いいよっ、このセックス……さっきよりもっと気持ちいいっ！」

「俺もだよ、はぁ、はぁ……」

「あ、ああ、恋人セックスいい……癖になったらどうしよう」

「はぁ、はぁ、それならいつだってつき合ってやるよっ」

腰を小刻みに振り、高瀬を責め立てる。

「そ、それって……嬉しい……私嬉しいって思っちゃってるっ、あ、あぁぁぁん♥」

「俺も嬉しい……嬉しくてそろそろ……」

「はぁ、はぁ、いいよ、出して、中で出してぇっ♥」

高瀬は止めていた腰を振ってこっちを追い詰めてきた。

俺は動くのをやめて、されるがままに身を任せる。

すごく激しい……犯されてるって感じだ……。

「ああ、も、もう、あ、あ、ああ、イ、イッちゃうっ♥」

慣れてきたのか絶頂宣言をしてくれた高瀬を、最後に思い切り突き上げる。

「俺も、出るっ！」

亀頭で子宮口にキスしながら、下半身に滾ったものを解放した。

どぱぁっ！　どぴゅるるるるっ！

射精の快感で、全身が痛いくらい痺れる。

「ひっ!?　すご……お……お、おおおおおっ♥　おおおおおおおおおおんっ♥」

大量の精液が尿道を駆け上り……子宮口に白濁液をぶちまけると、高瀬は目を瞬《しばたた》かせながら呻くように吠えて絶頂した。

この下品な声が、本気で感じてる証のようで嬉しい。

「お、おおおっ♥　おおおおおっ♥　おおおおおおおぉぉぉ……♥♥」

高瀬はブルブルと体を震わせ、涎を垂らしながら長い絶頂の悦びに浸っている。

俺は下から高瀬を見上げながら、精通させられた相手とセックスして、ここまで感じさせた悦びを味わっていた。

「あ、ああ……はぁ、はぁ……」

高瀬は絶頂を極めると、一気に力を抜き、俺の体の上に倒れ込んできた。

「涎なめてくれる？」

もう終わりかと思ったら、まだ恋人は続いているのかそう言ってきた。

※　※　※

俺たちはセックスしないと出られない部屋から脱出して、教室で授業を受けていた。

やっぱり、向こうに行っていた間に経った時間は一瞬だったみたいで、戻ってきても誰も気づいていない。

高瀬は大丈夫かな……。

さっきまでセックスしていた高瀬の席は前の方なので、その顔を見ることはできなかった。

今後、俺たちはどうなるんだろう……。

授業が終わると、一度話し合おうと高瀬の元に向かった。

「高瀬……」

声をかけると、俺を無視して教室を出ようとした。

「ちょっと待ってくれよ」

「何よ」

追いかけて呼び止めると、俺のことを『なんか』と思っているような、冷たい視線を向けられて何も言えなくなってしまった。

「私、調子悪いから保健室に行きたいんだけど」

「あ、ごめん」

引き止めることができずに、高瀬が立ち去るのを見送る。

この態度はどういうことだ？

そういえば明日菜先輩は言っていた、ＵＲＰでのことを忘れることが多いって……。

あの部屋でのことを覚えてないってことか……。

俺はやっぱり明日菜先輩のことが好きで、これでよかったのかもしれないけど……妙な喪失感に襲われていた。

第3章 大ファンのグラビアアイドルと閉じ込められる（驚喜）

明日菜先輩と種目別練習をしている最中に雨が降ってきて、俺たちは近くの校舎の屋根の下で雨宿りをしていた。

「さすがにもう練習は無理ですかね……」

通り雨ではなさそうだ。部室に引き上げるべきかと考えていると、先輩がすっと近づいてきた。

「京一くん、セックスしてどうだった？」

「きゅ、急にそんなこと……」

汗と雨で濡れた体からは、先輩の生々しいにおいがしてきて、あの時のことが強く思い出されてきた。ドキドキとして勃起しそうになったが、ここはセックスしないと出られない部屋じゃない。

興奮を抑えながら、聞かれたらまずいと周囲を見回すと、同じように雨宿りしている人はいるけど、声が届くほど近くにはいなかった。

「ふふ、人生観とか変わっちゃった？」

ド直球の質問に狼狽えている俺を、先輩はニヤニヤしながら見つめてくる。

こういう風にイジられると困ってしまうけど、同時に構ってもらえるのが嬉しくも思えて、少し意地の悪い先輩が改めて好きだって思えてしまった。

「ええと……変わりはしませんが、色々と勉強になりましたよ」

あの部屋に閉じ込められてから二週間経っている。

あれから多少ぎごちないところはあったけど、先輩からセックスしたことを振ってきてくれて俺の口は少し軽くなった。

「先輩こそどうですか、俺として何か変わりました？」

「んー、どうかな、はじめてじゃないしね」

その言葉を聞いて胸がズキンとした。

先輩は俺の前に、別の相手とURPを経験してるんだよな……。

「それじゃ……前に閉じ込められた時は、どんな感じでしたか？」

今まで深く考えないようにしていたことを尋ねると、先輩は懐かしそうな顔をした。

「色々と苦労したわよ。お互いが気持ちよくなるために試行錯誤して、彼に……情が移っていったわね……ふふ」

そう言って微笑むと、意味ありげな視線を向けてきた。

「情が移った……？」

「ええ、その人とつき合いたいって思ってる」

「────!?」

想定以上の言葉に俺は絶句してしまった。

いずれきちんと告白してつき合いたいって伝えようと思っていたのに、言う前に失恋してしまったってことか？

「せ、先輩……ああいうシチュエーションで相手を好きになったりするものなんですか？」

なんとか声を搾り出すようにして改めて尋ねる。

「まあね……でも、ＵＲＰでのことは忘れてるみたいなのよ」

先輩はそう言って複雑そうな顔をした。

「え？　そんな風に言うってことは、もしかして近くにいる人なんですか？」

「すごーく近くにね……」

先輩は俺を真っ直ぐ見据えてそう言った。

ＵＲＰでのことは忘れてしまうことが多い。

俺も高瀬とのことを経験して、近くにいる人になかったことにされる辛さはわかるつもりだけど……。

もしかしたら、それで余計に想いが募っているってことか？

俺に割って入る隙はあるのだろうか？

「その……向こうから好きって言われたんですか？」

「あの部屋にいる時に言われたわよ。そもそも告白するために二人きりになりたくて、Ｕ

ＲＰを起こしたらしいからね」

両想いか確認しようとして、先輩の言葉に驚いた。

「自分の意思でＵＲＰを起こしたってことですか⁉」

「わからないけど、願ったら叶ったって言って、少し申し訳なさそうな顔をしていたわね……」

そんなことがありえるんだろうか？

脱出した後、ＵＲＰの記憶がないなら、相手に確認する手段はないけど……。

「先輩はその人とどうするつもりなんですか？」

「まず、閉じ込められた時のことを思い出させてみるわ」

決意するように言った。

向こうが好きって言ったのなら、忘れたままでもつき合うことはできる気はするけど……何かがあるのかもしれない。

「じゃあ、相手が思い出したらつき合うってことですか？」

改めて訊くと、先輩は無言で深く頷いた。

いったい誰だろう？　先輩のクラスメイトか、もしかして陸上部にいるのか？

その人は閉じ込められた時のことは忘れていても、今も先輩からアプローチを受けてるってことだよな……。

まだ、よくわからない部分はあったけど、俺の入り込む余地はないのを実感して胸が苦しくなり、それ以上は訊けなかった。

※　※　※

休日、俺は大型書店で開催されている、グラビアアイドル夏歌の1st写真集の発売イベントに来ていた。

先輩とのことで鬱々とした気持ちになっていて外に出たくなかったのだが、半田に説得されて参加していたのだ。

そうだよな、ずっと応援してたのに、このイベントに来ないなんてありえないよな。

「夏歌ちゃん、写真集発売のことをはじめて聞いた時はどうでしたか？」

スポンサーのパネルが立っている小さなステージの上で、トークショーがおこなわれていて、司会の女性がビキニ姿の夏歌に話を振った。

「夢だったので決まった時は本当に嬉しくて、大笑いしちゃいましたよ」

「大笑い⁉　泣いたじゃなくてですか？」

「私、前向きですから、泣きませんよ」

自身のプロフィールでは前向きと書いてあるけど、ただの天然なんじゃないかと言われている夏歌の微妙にズレた受け答えに、どっと湧いている。

観覧席は抽選で外れたので後ろの方から立って見ているんだけど、遠くからでも夏歌の水着姿を見ていると、落ち込んだ気持ちが薄れていくのを感じていた。

やっぱりいいなぁ……。

彼女の魅力は写真や画像より生で見た方が伝わってくる。

グラビアアイドルの中でもトップクラスを誇るFカップの胸は、彼女が体を動かすたびにぷるんぷるんと揺れて柔らかそうでたまらない。

ただ、ややお尻が小さいので、写真だと寸胴ぽく見えてしまう。

それが週刊誌の表紙を飾るほどのメジャーになれないところだけど、ファンはそれがいいと思っている。ボンキュッボンの完成された女の体型より身近に感じるし、童顔の彼女にはその体型が似合っていた。

「やべぇな、早く近くで見たい、ツーショット撮影会はじまらねぇかな……」

一緒に来た半田が小さな声で言った。

この後、夏歌とインスタントカメラで写真を撮ってもらえる催しがあるんだけど、メイキングDVDをこの店舗で予約した時に応募していないと参加の権利がない。

半田が予約に行く時誘われたんだけど、明日菜先輩のことで、外に出る気が起きなかったんだよな……。

でも、落ち込んでるからこそ、ちゃんと応募すべきだった。ツーショット撮る時少し話せるから、今の気持ちも和らぎそうだし……。

でも、撮影に与えられる時間はたった一分だ。そんなんじゃ足りない気もする。

夏歌を間近でじっくり見て、もっと長い間話したい……。

握手やハイタッチはできるけど、それ以上もしてみたい……。

ああ、セックスをしないと出られない部屋に閉じ込められたいなぁ……。

ふと、この前半田が言っていたことを俺も心から思ってしまった。

だが、そんな都合のいいことが起こるわけがない。

そうは思ってはいるけど……ひとつ気になっていることがあった。

『そもそも告白するために二人きりになりたくて、URPを起こしたらしいからね』

この前、明日菜先輩が言っていた。

それは何かのたとえ話のようなものだと思うんだけど、俺が閉じ込められた相手は、明日菜先輩と高瀬。二人ともは望んだ相手ではあった……。

URPは近くにいる人と閉じ込められることが多いと聞いていたのでたまたまだと思っていたけど、校舎裏に二人きりだった先輩はともかく、高瀬の場合、教室に女子はもっとたくさんいた。

もしかして、俺が願ったからURPが起きたんじゃないか？

それをはっきりさせるためにも、ここで試してみてもいいかもしれない。

「目つきが色っぽいですか？　ちょっと仕事が忙しくて眠たいだけですよ」

はじめての写真集発売の大切なイベントの最中に、大あくびをする夏歌の天然っぷりに、また会場がどっと湧く。

俺はそんな夏歌を見つめながら願ってみた。

夏歌と閉じ込められたい！　あのおっぱいを揉んでセックスしたい！

劣情を込めて、何度も祈るようにそう思ったが……。

何も起こらなかった。

そりゃそうだよな。実はみんなが自分の意志でURPを起こしているなら、もっと世の中は倫理的に乱れてるはずだ。

馬鹿な幻想を抱いてしまったことを恥ずかしく思っていると、トークショーが終わり撮影会がはじまった。

「行ってくるよ」

半田が夏歌の前に列を作って並ぶのを、少し遠くから見守る。

「久しぶり、来てくれたんだ」

「当然来ますよ、写真集発売おめでとうございます」

「ありがとう♥」

初期から夏歌を応援している見慣れた連中も当然のように並んでいて、順番がくると夏歌と楽しそうに話していた。

ファンとして負けた気がして、悔しい気持ちが込み上げてくる。

それと同時にこれまで彼女に抱いた想いが強烈に蘇ってきた。

おっぱいの感触を妄想してどれだけオナニーしただろう……。

つい雑誌のグラビアにぶっかけてしまい、買い直したこともあった。

夏歌、大好きだ！

撮影会に応募しなかった後悔、嫉妬心や劣情、頭の中でごちゃ混ぜになり、かーっとした。

その瞬間――

プツンっ！　と頭の中で何かが切れた気がして、目の前が真っ暗になった。

※　※　※

はっと気づくと、立っていたはずの俺はベッドに横たわり天井を見上げていた。

明らかにさっきいたイベント会場とは違う。一瞬、何が起こったのかわからなかったけど、すぐに気づいた。

ここってそういうことだよな……。

慌てて横を見ると、さっきまでステージに立っていた水着姿の夏歌が寝ていた。

俺の願い通りにＵＲＰが起こった……いや、起こしてしまった！

やっぱり、自分の意志で相手を選べるんだ！

驚きとそれ以上の嬉しさで、思わずギュッと手を握りしめた。

グラビアアイドルの夏歌と、つき合ったりセックスすることは絶対に不可能だと思っていた。それを理解した上で応援していた。

だからこそ、これから実際にできるとなると、わけのわからないくらい昂ぶってしまう。

ヤバイという言葉で頭の中でいっぱいになりながら、寝ている夏歌を見る。

ビキニの小さい布地じゃ収まらない、Ｆカップの横乳を観察する。

触ろうと無意識に手が出て、慌てて引っ込める。

痴漢みたいなことして、嫌われたらおしまいだ。

セックスすることを納得してもらえるように慎重に話を進めるとして……まずは起きてもらわないとな。

夏歌……ファンとしてなら呼びつけでもいいけど、これからはそういうわけにもいかない。しかも、明日菜先輩と同い年だから年上で……敬語で接しないと……。

「あ、あの、夏歌さん」

声をかけるが、反応がない。

「起きてください、夏歌さん」

「あと五分……」

自分の家とかと勘違いしている？

「あの……ここは夏歌さんの家じゃないですよ？」

改めて声をかけると、夏歌さんはぱっと目を開いた。

俺の顔を見て驚いた顔をすると、体を起こし後ろに下がって距離を取った。

「……誰、あなたは？」

「その……俺は咲間京一って言います」

「さくま……スタッフの人？　もしかして私倒れたりした？」

イベントの最中に倒れて運び込まれたとでも考えたのかもしれない。

「スタッフじゃないです。言い出しにくいんですが、ＵＲＰが起こったんだと思います」

そう伝えると、夏歌さんはなぜかニヤリと笑った。

「ふふ、これドッキリでしょ」

「い、いえ、そういうんじゃないと思いますけど……」

「わかってるんだから」

本気でドッキリと思っているのか、夏歌さんは嬉しそうに部屋を調べはじめた。

「カメラは……ここかな？　あれ？」

隠しカメラや、ここから脱出するための出口がないとわかると、深刻な顔をして改めて俺の前までやってきた。

「ドッキリじゃないって、わかってもらえましたか？」

「うん、違うみたいね……」

何か諦めたのか溜め息を吐いた。

「あなたは私のことを知ってるみたいだけど……何かの関係者？」

「いえ、ただのファンです。写真集のイベント会場にもいましたよ」

「ファンか……ＳＮＳでよく言われてたのよね、夏歌とセックスしないと出られない部屋に閉じこめられたいって、咲間くん……だったかしら？　あなたはラッキーなファンみたいね」

「ラッキー？　それって夏歌さんはセックスしてくれるってことですか？」

「ええ、ここから出るためには仕方ないし、どうせなら楽しんでやりましょう」

納得するまで、もう一悶着あると思ったんだけど……。

特別、深刻になる様子もなく、いつもの天然な感じのまま、あっさり話が進んで俺は拍子抜けしてしまった。

「咲間くん、セックスの経験は？」

「ありますけど……」

「じゃあ、あなたが私をちゃんと気持ちよくしてね」

そう言うと、ベッドの上で仰向けに横たわった。

展開が早すぎて、夏歌さんが何を考えているのかわからない。

やっぱりグラビアアイドルともなると、普通の人と違ってセックスすることにあまり抵抗がないってことか？

いわゆるビッチかもしれない。少し残念に思ったけど、それならそれで遠慮なくできるというものだ。

「ああ、そうだ、おっぱいを揉むのはやめてね」

「え？　それって……商売道具だからですか？」

「というか、ファンの人に悪いからかな」

ファンの多くはＦカップに触れたいと思っている。それなのに気軽に許したら悪いという感情なのかもしれない。

それは理解できたけど、すぐに頷けなかった。胸に触れられないんじゃ生殺しすぎる。

「お、俺はデビューの頃からファンで……ずっとおっぱいに触りたいって思ってました。ファンに悪いって言うなら、まずファンの一人である俺の望みを叶えてくださいっ！」

言っているうちに昂ぶってきて、滅茶苦茶な理屈を情熱を込めて伝えていた。

夏歌さんは驚き……苦笑いを浮かべた。

「……じゃあ、水着の上から触れるくらいならいいわよ」

「ホ、ホントですか⁉」

「一回だけね」

それでも嬉しい。俺の願いを聞いてくれたことに感謝しながら、上から覗き込むように改めて夏歌さんのおっぱいを見つめた。

仰向けになっても潰れたりせず張り出ているＦカップを、指をできるだけ広げ、下乳から包み込むように手を這わせた。

手の平のどこかに乳首が当たっている。ただ、ニップレスを貼っているのかその感触はわからない。でも、触っているという事実で、鼻の奥が痛くなるほどツーンとして、息も苦しくなった。

揉みたい！　直に触れたい！　水着を剥ぎ取って乳首の形を見てみたい！

俺の股間あたりから色々と訴えてきたけど、これから気持ちいいセックスをするために、ちゃんと約束を守るべきで、必死に我慢して手を離した。

「ありがとうございます……すごくよかったです」

「ふふ、そこ大きくなって、興奮してくれたみたいね」

夏歌さんは俺の股間を見つめながら笑った。

昂ぶりすぎてよくわからなかったけど、ズボンの中で既にペニスがガチガチに硬くなっていた。

「は、はは……俺はもう準備万端ですけど、夏歌さんはまだですよね？」

「おまんこが濡れるってことよね？　もちろんまだだよ」

夏歌さんの口から女性器の俗称が聞けてドキドキする。

「じゃあ、愛撫しますね」

すぐにそのおまんこに触れたいところだけど、自分を落ち着かせる。

いつも誌面で見ていた体の色々なところに触ってみたい。

高瀬にしたようにまずは肩に触れて……二の腕……腰を揉みながら愛撫していく。

「優しい手つきだね……」

しっとりと湿っているような感じなのに、滑らかという……極上の肌を手の平で味わう。

「お尻はいいんですよね？」

「ええ」

頷いてくれたので、今度はうつ伏せになってもらってお尻を撫で回す。適度な弾力があって、指を埋めようとすると押し返してくる。

「ちょっと待って」

感触を愉しむように揉み続けているとそう言われてしまい、咄嗟に手を離す。

「え、ええと、嫌でしたか？」

「嫌じゃないわよ、その……気持ちよくなってきちゃって……ふふ」

感じた報告を恥ずかしそうにする夏歌さんが可愛い。

女の子を気持ちよくさせる喜びは知ってるけど、それがグラビアで見続けた相手だと思うと嬉しさは倍増だ。

「ビキニ、汚れちゃいそうだから脱ぐわね」

夏歌さんはそう言ってベッドから下りると、ビキニのパンツを脱ぎはじめた。

週刊誌付録のＤＶＤ映像で水着の上に着た衣服までなら脱ぐシーンを見たことはあるけど、当然ながらグラビアアイドルが水着を脱ぐことはない。

目の前でおこなわれている信じられない光景を、食い入るように見つめる。

ビキニを脱ぐと……その下に肌色のショーツみたいなのを穿いていた。

「それってインナーっていうやつですか？」

「ええ、色々と見えないように穿いてるのよ」

これから色々と見られないようにしていたものを、見せてもらえるってことだよな。

夏歌さんはインナーのウエストの部分の布地に左右から指を入れて、ゆっくり下げていく。ついに下だけ裸になるとこちらを向いた。

「ちょっと恥ずかしいね」

すぐに股間を手で隠したけど、見逃さなかった。

太股の隙間の上、股は左右均等に割れている。

それを見ただけでもすごく興奮したけど、改めてベッドに仰向けに横たわった夏歌さんの足下に回り、脚を広げて割れ目をそっと開いて、おまんこの内側を見て鼻血がでそうなくらい鼻の奥がツーンとした。

す、すげぇ……。

小陰唇は薄い整った襞でできている。そして、その内側は赤寄りのサーモンピンク色をしていた。

クリトリスは皮で隠れておらず、綺麗な豆が顔を見せている。全体的にすっきりしていて、女性器のサンプルで表されるような理想的な形をしているように思えた。

いやらしさより綺麗な感じのおまんこに、俺は思わず感動してしまった。

これがグラビアアイドルの夏歌のおまんこなんだ……。

さらに観察しようと、割れ目の下……膣口の部分を更に広げてみると穴の周りには僅かに白っぽい膜が張っているように見えて……。

高瀬とはちょっと違うけど、まさかこれも処女膜⁉

「夏歌さん、処女……ですか？」

「あれ？　処女じゃないって思ってた？」

「何か経験している風だったから……」

「そんなつもりはなかったけど……まあ、色々話は聞いてるし、耳年増って感じかも……それに危ない経験もしてるしね」

「危ない経験？」

夏歌さんは笑うだけで、それ以上は答えず誤魔化されてしまった。

芸能界の闇というやつだろうか？　それがどういうことかはわからないけど、俺が夏歌さんのはじめての相手になるのだとわかって、信じられないという気持ちと、それ以上の喜びで頭の中がぐるぐる回ってどうにかなりそうだった。

落ち着け……処女だとするなら、経験者である俺がちゃんとやらなきゃ……。

なんとか気持ちを落ち着けて、愛撫を再開することにした。

「じゃあ触りますね？　いいですか」

「優しくしてね」

まずはこれから俺が奪うはずの処女膜に触れて……そこから指を上に移動させていく。

「ん……ん、んんっ……そ、そこは……あぁん」

優しくクリトリスを弄ると甘い声を上げた。高瀬と違ってオナニー経験はあるのかもしれない。

夏歌さんの反応を窺いながら段々と強めに弄っていくと、愛液が溢れてきて、ふわっと甘酸っぱいにおいがしてきた。

口の中に大量の唾液が溢れてきて、俺は飲み込んだ。

ここを舐め回したい……！

欲望のまま、許可を取らずに股間に顔を埋めた。

「ふぁ⁉　な、舐めて……ちょ、ちょっと！　んんんっ」

ビックリしたような声を上げて俺の頭を触ってきたけど、引き離そうとはしてこない。

処女膜の感触を舌先で味わう。おまんこの溝や襞の全てに舌を這わせるつもりで舐めまくる。

「あぁっ、くぁ……っ……あん……んっ……あぁっ……あぁん……」

すぐに気持ちよさそうな声を上げて、それと同時に膣口からもさらに愛液が溢れ出てきた。

夏歌さんもセックスの準備ができた。もうペニスを挿入してもいいんだけど、舐めるのをやめることができない。

「ぢゅっ、れろれろ、ぢゅぱぁっ」

愛液が美味しくて、吸い込みながら舐めまくる。

「ひぁ、ん、んんん、あ、ああ、すごいっ」

ビクンと夏歌さんの体が大きく跳ねる。快楽を求めるように、腰を前に出してきた。

「ん⁉　んぶっ」

口におまんこを押しつけられて少し苦しいけど、求められているみたいで嬉しい。ますます張り切る。

「はぅ⁉　わ、わけわからないっ！　す、すごいっ！」

口全体を擦りつけるように愛撫をすると激しく悶えた。

「あ、くっ！　ん、んんんっ！　んぁ！　あふっ、んぁっ！　ひぅっ！　あ、あっ！」

膣口がヒクヒクして、絶頂寸前なのがわかった。

「思いっ切り気持ちよくなってくださいっ、ぢゅゅゅゅっ！」

このままイかせようと、クリトリスに吸いつく。

「ひっ！　こ、こんなのはじめて……ん、んんんんっ！　んーーーーっ！」

夏歌さんは一旦体を折り曲げ、何かを溜めるように縮こまらせた後、今度は解放するように背中を仰け反らせた。

「あ、ああああああああああっ♥　ああああああああっ♥」

ぷしゃあっ！　ぷしゃあああああっ！

大きな声で絶頂すると同時に、尿道から大量の透明の汁が飛び散った。

オシッコじゃない……潮を噴くっていうやつか!?

「あひっ♥　あああっ♥　あ、あ、す、すご……すごすぎるっ、ん、んんんんんっ♥」

首を振りながら潮を噴き続けた夏歌さんは、最後は無心に絶頂の悦びに体を震わせた。

「ふぁ……あ、あぁっ……あ……ぁぁ……ぁ……ぁぁ……」

長い間イキ続けて……ついに全身の力を抜いたので、俺も口を離した。

「はぁ、はぁ……」

噴き出た潮や愛液で顔中びしょびしょだが、嫌な気分は少しもない。

いやらしい水遊びがこんなに楽しいとは、童貞の頃は知らなかったな……。

「気持ちよかったですか？」

クンニの素晴らしさを実感しながらイッた夏歌さんに顔を近づけると、俺の頭の後に手を回して、自分の方に引き寄せてきた。

え？　キスしてくれるのか!?

目を瞑ったが笑われてしまった。

「ごめんね、ファーストキスは未来の恋人としたいかな」

そう言いながら、愛液を手で拭うようにしてきた。

そうだよな、明日菜先輩と高瀬との経験で、気軽にキスができると思っていたけど、唇は守りたいって思うよな……。

ということは……キスしながらのセックスもできないのか……。

「あなた睫毛長いよね」

少し残念な気持ちになっていると、そう言ってきた。

「長いですか？　はじめて言われました」

男の間で睫毛の長さが話題になることはない。

「それがいいなって思ったから、あなたのとのセックスを前向きにできるんだよ」

「あ、はい……？」

褒めてくれているみたいなので嬉しいけど、意図がわからず、微妙な返事をしてしまった。

「つまり、私は誰とでもいいなんていうビッチじゃないからね」

処女じゃないって疑っていたみたいなことを言ったから、気にしていたのか？

「ビ、ビッチなんて思ってませんよ！　俺のいいところ見つけてくれてありがとうございます！」

ちょっと思っていたことを心の中で謝罪しながらそう伝え、こういう状況でもプロフィール通り前向きな夏歌さんが、本当に好きになった。

※　※　※

既に硬くなっていたペニスを晒すと、夏歌さんは目を丸くした。

今度こそ脱ぐ時にこっそり皮を剥いて、いきなり大人の姿を見せることができてきたので堂々としたものだ。

「おっきい……」

顔を近づけんばかりにグラビアアイドルにペニスを見られて、背筋がゾクゾクしてくる。

「おちんぽもあなたのいいところかな？」

「大きさ的にですか？　人と比べたことないからわかりませんけど……」

「じゃあ、立派でいいところということにしましょう。これでセックスの動機がもうひとつ増えたわね」

ペニスが気に入ったからセックスするっていうのは、ビッチっぽいけどそれは黙っておくことにした。

「じゃあ、褒めてくれたちんぽで、夏歌さんの処女をもらいますね」

正常位で繋がるために、改めて仰向けに横たわってもらった後、ペニスの先で割れ目を撫でるように愛撫する。

十分亀頭が滑ったところで、膣口に押し当てる。これから挿入しようとして……ふと昔のことが思い出されてきた。

偶然、雑誌で夏歌さんのグラビアを見た時に、可愛らしさとそれに似合わないおっぱいに心奪われたんだよな……。

これからそんな『グラドル夏歌』と繋がれる喜びと、これまで出会った大勢のファンに対しての優越感と仄かな罪悪感……色々な想いを感じながら、腰を前に押し出した。

「────っ⁉」

高瀬の時のような処女膜の抵抗はあまり感じなかった。一気にペニスを中程まで押し込むと、夏歌さんは苦しそうに息を詰めた。

「こ、こんな大きいの……こ、壊れそう……ん、んぐ……」

夏歌さんが苦しそうに呻いていても、俺は止まれなかった。

根本までペニスを埋めたくて、頭が沸騰するほど興奮していた。

欲求のままにさらにペニスを押し込み、膣奥に触れた途端、強烈な達成感で大量の先走りを放っていた。

「お、おお……」

ファンだった夏歌さんと深くまで繋がった感動で自然と涙が溢れるのと同時に、微妙に蠢いている膣の心地よさに口元が緩み涎も零れた。

「……泣いてるの？」

「う、嬉しくてですよ。セックスできてすごく幸せですっ」

「はぁ、はぁ……そこまで言ってもらえて、私も嬉しくなっちゃうな」

少し辛そうにしながらも、そう言ってくれた。

「あ、夏歌さんは痛いですよね、一日抜きますね」

やっと気遣う余裕ができてそう言うと、夏歌さんは横に首を振った。

「ううん、大丈夫よ」

「でも、壊れそうって言ってたじゃないですか」

「壊れちゃうくらい、いいって意味だよ……少し痛いけど、気持ちいいの方が大きいよ」

「ほ、本当ですか？」

「ええ、だからおちんぽ出し入れしていいよ」

呻いていたのは苦しいんじゃなくて、気持ちいいってことか？

高瀬に比べて十分に熟れた体をしている。男を受け入れる準備はもうできているのかもしれない。

「じゃあ、動きますね」

気遣う気持ちもあるけど、この中を掻き回したくてたまらないのは本音だ。そう伝えて膨れたカリ付近まで引き抜き、押し込む。それを繰り返し、どんどんと速めていく。

「はぁ、はぁ、やっぱり痛いより、気持ちいい……セックスいい、あ、ああん♥」

ペニスの竿の部分には血がついていて、処女であったことは間違いないみたいだけど、夏歌さんは明らかに感じている。

「はぁ、はぁ、たまりません、遠慮なくいきますよっ」

反り返るくらい硬く勃起したペニスで、心地いい膣内を擦りながら行ったり来たりさせる。

「あ、あぁぁぁっ！　んぁぁぁぁっ！　す、すごっ、セックスすごいっ♥」

　このまま最後までいってもいいんだけど、俺の腰の動きに合わせて、目の前で揺れる乳房を見て我慢できなくなっていた。

　ほぼ無意識にビキニに手を差し入れるようにして揉んでいた。

「お、おお……！」

　これが『夏歌』のおっぱい……ずっと見てきたおっぱいの感触……やわらけぇ……。

　形崩れしないおっぱいはもう少し張りがあるのかと思ったが、焼きたての食パンのようにふわふわで、指を押し込むとどこまでも沈んでいきそうだ。

「え？　な、なんで、お、おっぱいはダメって……あ、あぁっ！　ん、んっ」

　セックスの快感に酔っていた夏歌さんも、胸を触られたのに気づき、驚いたような目を向けてきた。

「ごめんなさい、こんな魅力的なおっぱい、我慢できるわけないですっ」

「そ、そんな、あ、あぁ、だ、ダメっ、形とか崩れ……あ、あひっ」

　ダメと言いながらも明らかにおっぱいを触られて感じている。

「脱がしますねっ」

　欲望のままビキニを上にズラしていくと、やっぱりニップレスが貼ってあって、乳首が見えなかった。

「あ、だ、だめ、あ、あぁ、お、おっぱい、恥ずかしっ」

揉みながら貼がしていくと、薄いピンク色をした乳首が姿を表した。

グラビアアイドルが脱いだ時に、乳輪や乳首にがっかりすることがあるけど、夏歌さんは違った。

おまんこも綺麗だったけど、ここも綺麗だ……。

小さめな乳輪の中心……既に乳首も勃起していて、絵で描いたような円柱状になっている。

乳房を揉みながら、思わずそこに吸いついていた。

「ぢゅゅ、れちゅ、おっぱい美味しいっ」

「ひ、ひぁ、あ、ああ、そ、そんな……あ、あぁん、だ、だめ……あ、あぁん」

左右の乳首に思う存分吸いつき、舌でも転がした後、柔らかな乳房を舐めながら顔を埋める。

Fカップを十分に堪能した後、さすがに罪悪感が湧いてきて顔を上げた。

「はぁ、はぁ……どうしたの？」

約束を破ったことで恨み言を言われたり、怒られても仕方ないと思っていたのに、夏歌さんはもどかしそうな顔をしていた。

「おっぱいダメじゃなかったんですか？」

「ダメだけど……おまんこされながらおっぱいを弄られるの気持ちよすぎる♥　だからもっとして♥」

「ファンのためにおっぱいを守るんじゃなかったんですか？」

「そ、それは……」

本気の非難じゃなくて冗談半分で言うと、膣がギュッと締まった。

酷いことを言ったのに、どこか表情がうっとりとしている。

もっと責めたらどうなるんだろう？

「スケベなグラドルにおしおきしなきゃですね」

好奇心に煽られて、強めに胸を揉みながら荒々しく腰を打ちつけていた。

「くぁ、あ、あぁん♥　あぁっ、あ、あぁ、あぁ……おしおきすごっ、ふ、ふぁっ♥」

無茶な腰振りを受けて、目を瞬かせながら甘い声を上げた。

こんな反応されたら、もっと責めたくて仕方なくなってくる。

「ほら、ファンに謝ってくださいっ」

「ご、ごめんなさい、でも、咲間くんにおっぱい揉まれながらおまんこ穿られるの気持ちよすぎるのっ、あ、ああ……ふぁぁぁぁっ♥」

謝罪しながらさらに昂ぶっていく。

そんな夏歌さんを見て、今までのファンとして好きだったのとは違う感情が湧き上がってくる。女として愛おしくなって、その体を上からのし掛かるようにキュッと抱きしめた。

「はぁ、はぁ、このまま中出ししますっ！」

逃げられないようにホールドして、射精に向けてラストスパートをかける。

「あ、ああっ、そんなことされたら……グラビアアイドルが続けられなくなっちゃうっ」

ここで中出ししても孕まないことを、夏歌さんも一般常識として知っているはず。

知らないふりだとは思うけど、俺も知らないふりをして孕ませるつもりで腰を切迫させる。

「はぁ、はぁ、ドロドロの精液を夏歌さんの中に注ぎ込みますから、覚悟してくださいっ」

「中で膨れて……ビクビクしてる、あ、ああ、これが射精するってこと？」

「は、はい、もうすぐっ……」

膣奥を小刻みに突く動きに変えて、最後は思い切り腰を突き出した。

「で、でるっ！」

おっぱいを揉み、改めてFカップの感触を味わいながら、精液を噴き出させた。

ぶぱぁっ！　どぴゅるるるるるっ！

「ひぁっ⁉　な、中で熱いの広がって……こ、これが中出し、やっぱっ、んぐっ！　こ、これすご……♥」

「夏歌さんっ、あ、ああ、中出し……気持ちいいっ！」

強烈な射精の快感……酷いことをしているという背徳感、罪悪感……グラビアアイドルに中出ししているという優越感、達成感……様々な感情で頭が熱くなり、目の前はまっ白に霞み、体は痺れたように震える。

「夏歌さんっ、俺の精液で孕んでくださいっ！　孕めぇっ！」

最後は好きな女性を孕ませたいという生殖の本能に従い、そう叫んで心地いい膣内でペニスを脈打たせながら注ぎ込んでいくと、夏歌さんはひときわ大きな声を上げた。

「お、お……ん、んぐっ、んんんんんっ♥」

頭でブリッジをするように背中を仰け反らせて、本気でイッてくれている。

「ん、んんーーーーっ♥♥♥」

「な、夏歌さんっ、全部受け止めてくれっ」

反らした背中に手を回して、体を引き寄せ、子宮口に亀頭で熱いキスをしながら、最後の一滴まで注ぎ込んだ。

「夏歌さん……全部出ました……最高でした……はぁ、はぁ」

「はぁ、はぁ……咲間……くん」

俺の顔を引き寄せるようにしてきた。

「んちゅ♥」

え？　キス⁉

ファーストキスは未来の恋人とすると言っていた唇まで、俺に捧げてくれた。

やっぱり繋がってキスするのはいい……。

「れろちゅむ……れろれろ……咲間くん……れちゅ」

どちらからともなく舌を絡ませ合う。射精が終わっても硬いままのペニスを入れたままベロチューして、最高の幸せな絶頂の余韻に浸った。

十二分に堪能し、唇を離すと同時にペニスを引き抜いた。

「ぷはぁ……」

「んぁ♥」

夏歌さんの色っぽい声と共に、膣口からごっぽぉ……と大量に精液が垂れてきた。

この瞬間は、なんとも言えず嬉しい……。

中出しの証を目に焼きつけてから、夏歌さんの股間から顔を上げると、もう快楽から覚めたのか、恥ずかしそうに胸を手で隠していた。

「私のおっぱいを好きにしてどんな気持ちだった？」

そう言われてさーっと血の気が引いた。

禁止されてたのに揉みまくったのはさすがにいけなかったよな……。

「おっぱい触って……揉んで、すみません！」

ベッドの上で土下座をして謝ると、夏歌さんが笑った。

「別に怒ってるわけじゃなくて……感想を聞きたかっただけだよ」

「もちろん最っっっ高でした！」

「そっか、ならこれからもおっぱいを誇って仕事できるね」

照れ隠しのように笑ってそう言った。

「夏歌さんは……どうでしたか？　セックスして」

「ええと……ほら見て、あのドアが出口よね」

急に促されて見ると、確かにここから脱出するためのドアが現れていた。

「あれってお互いちゃんと気持ちよくなれたってことでしょ？」

「まあそうですね」

「だから、これ以上色々言わせないで」

顔を真っ赤にして言った。

結構、変態的なことをしたし、気持ちよかったって言うのは恥ずかしいよな。

「夏歌さんと、セックスできてすごく幸せでした」

俺はもう訊くのはやめて、自分の気持ちをそう伝えた。

「まだファンでいてくれる？」

「はい」

「じゃあ、これからもよろしくね♥」

握手会や撮影会で別れる時のセリフを、いつも以上の笑顔で言ってくれた。

嬉しかったけど、俺はあくまで一ファンでしかないんだと再認識して、少し寂しくなったのは秘密だ。

※　※　※

シャワーで汗や体液を流した後、俺たちはあの場所から戻ってきた。

やっぱり向こうにいる間の出来事は、こっちでは一瞬だったみたいで、誰も気づいていない。

それにしても、ちゃんとニップレス貼り直せてよかったな……。

乳首がビキニからはみ出したりはしておらず、撮影会は続いている。

「じゃあ、これからもよろしくね♥」

夏歌さんがファンとツーショット写真を撮った後、さっきと同じことを言った。

そんな様子を見て妙な優越感に浸っていたけど、夏歌さんがあまりに平然としすぎていることに、不安になってきてしまった。

高瀬と同じで、忘れてしまったんじゃ……。

いや、もしかしたら、白昼夢でも見ていたのかもしれないと、自分の脳を疑いはじめた時に、夏歌さんの視線がこちらを向いた。

「お、おい、夏歌、今こっち見てウインクしなかったか？」

いつの間にか戻ってきていてた半田が、そう言って驚いている。

確かにウインクした、俺に……。

「写真にサインもしてもらったし、夏歌って神対応だよな」

「ああ、そうだな」

俺も本気で同意するのだった。

第４章　好きな相手をセックスしないと出られない部屋に連れ込める!?（やりまくり）

ミスった……痛恨のミスだ。

なんで俺は――

夏歌さんにパイズリしてもらわなかったんだ!!

セックスをできたのは嬉しい。でも、土下座をしてでもしてもらうべきだったんじゃないか？

イベントからの帰り道でそう後悔して、股間がもやもやしてきてしまった。

もう一度、あのセックスしないと出られない部屋に閉じ込められたい。

だけど、また起こせるだろうか？

そもそも、正確にはどうやってＵＲＰを起こせばいいんだろう？

明日菜先輩から聞いた男の話は、願ったら叶ったっていうことらしい。

俺も見つめながら願っただけだ。でも、それって簡単すぎやしないか？

気づいてないだけで、何か複雑な条件があるのかもしれない……。

家に帰ってから早速ネットで調べてみたが、有益な情報はなかった。

それどころか、URPを相手を選んで起こせるという話そのものが創作の中に多少あるだけで、信頼できるソースの中にはなかった。

これだけ情報が出てないってことは、願ったから起こったたってのは勘違いで、偶然ってことなのか……。

だとするなら、夏歌さんにパイズリしてもらうのは叶わないってことだ。

あああああ……！

悶えながら部屋のベッドに転がり、買ってきて放っておいた写真集を手に取った。

どのページも素晴らしいおっぱいだ……。

写真の中の夏歌さんは、健康的ないやらしさに溢れていた。

俺は生唾を飲み込み、気づけばペニスを出してシゴきはじめていた。

柔らかかったおっぱい……あそこにちんぽを挟みたい……！

実際に触れたからこそ、もう写真じゃ満足できない。

射精まで昂ぶることができず、もどかしさが募っていく。

もう一度……閉じ込められてあのおっぱいを揉みたい！　パイズリして乳内射精したい！

ペニスをシゴきながら想いを募らせ……頭の中がかぁっと熱くなっていく。

あれ？　この感覚ってあの時の――

不意に何かがプツン！　と弾けて、目の前が真っ暗になった。

※　※　※

頭がクラクラする……。

どれくらい意識を失っていたかわからないけど、気づいたら自分の部屋のベッドの上じゃなかった。

そして、写真集はなくなり、被写体のグラビアアイドル本人が横たわっていた。

明らかに俺の願いに応じて起こった……偶然じゃなかった！

「咲間……くん？」

俺は再び二人きりになれた感動で体が震えているけど、目を覚ました夏歌さんは驚いた表情で固まっている。

また俺と閉じ込められたことに衝撃を受けていると思ったら、その視線は下半身に向けられていて――

「す、すみませんっ」

オナニーしていたことを思い出し、咄嗟に後ろを向いてズボンを上げた。

恥ずかしい……。

「……これってどういうことなの？」

前を向けずにいると、後ろから夏歌さんに訊かれた。

オナニーしてた理由を訊いてるんじゃないよな？

「その……ＵＲＰがまた起こったみたいですね」

そう答えながら振り向くと、夏歌さんは当然ながら困惑していた。

「そうだよね、これは……」

周りを見回している夏歌さんは、グラビアの姿とは違い、よれたＴシャツとショートパンツの、ちょっとダサい格好をしている。

これが部屋着かな？　こんな格好レアだぞ。

写真ではお目にかかれない日常の姿を見られるのは、ファンとして嬉しい。そう思っているると夏歌さんは怪訝な表情になった。

「んー……同じ相手と連続なんて、聞いたことないけどなぁ」

「そうですね……」

夏歌さんの言葉を軽く流そうとして……俺は考えてしまった。

今、聞いたこともないことが起きているって話だよな……。

ＵＲＰは誰が悪いとかはない、セックスをしないと出られない部屋に閉じ込められるのは不可抗力、つまり自然現象のようなものだからだ。

だが、これはもう自然現象とは言えないんじゃないか？

あくまで俺が個人的に起こした事件……。

無自覚だったけど、イベント会場での時もそういうことになる。

いや、もっと前から……明日菜先輩の時からだ。

高瀬に『あんたが連れ込んだんじゃないの？』って誘拐監禁まがいな批判をされたけど、まさにその通りじゃないか……!?

「急にどうしたの？　恐い顔してるよ」

「その、ええと……俺が願ったから、夏歌さんがこの部屋に閉じ込められたのかもしれません」

夏歌さんだけじゃない、明日菜先輩や高瀬にも悪いことをしてしまった……。

高揚していた気分が消沈し、湧き上がる罪悪感に背中を押されて、そう告白していた。

「あなたが願ったから？　どういうこと？」

俺もよくわかっているわけじゃない。言葉が出てこない。

「まとまってなくてもいいから、あったことを話してくれる？」

戸惑っていると、夏歌さんに優しくそう促された。

「そっか、あなたは超能力者だったんだ……」

意外と聞き出し上手で、はじめてＵＲＰを体験した明日菜先輩の話から、さっき写真集を見ながら昂ぶってこうなったことまで正直に話すと、そう結論を述べた。

超能力者と言われることに違和感があったけど、そういうことになるのかもしれない。

「なんかすみません……」

自分の中で整理はつかなかったけど、とにかく夏歌さんに謝った。

「別に謝らなくていいよ。今回ので自分の能力を確信したってことなんでしょ？　なら仕方ないよ」

そんな風に言ってくれる夏歌さんは天然なのか……いや、器が大きいんだろう。

「あ、ありがとうございます」

「それにちょうどよかったわ、明日テストだから勉強しなきゃいけないんだけど、眠くて仕方なかったのよね」

こちらが恐縮していると、そう言って大あくびした。

「ここにいる間はあまり時間が進まないんだし、ちょっと眠らせてもらうわね」

「え？」

「ダメ？」

「あ、いえ、寝てください」

混乱しながらそう答えると、ベッドに寝転がり本当に眠ってしまった。

イベント会場で言ってた通り、眠たかったのだろうけど、すごく図太い神経をしている。

ともあれ、俺がやったとわかっても、夏歌さんは怒らなかった。

それで完全に罪悪感が消えたわけじゃないけど、気分が楽になった。

※　※　※

「おはよう」

目を開くと、夏歌さんがそう言ってくれた。

「あ、おはようございます」

起きるのを待っている間に、寝てしまったみたいだ。

「すみません、待ちましたか？」

「ううん、私もちょっと前に目を覚ましたところよ」

確かにまだ寝ぼけた顔をしている。

お互い寝起きなので、何をするでもなく添い寝状態のままぼーっとして過ごす。

この微睡み感……なんか恋人みたいでいいな……。

同じ場所にずっといたからか、夏歌さんの濃いにおいもしてきて、朝勃ちしているペニスに甘く響く。

「ん、んーーっ、久しぶりによく眠ったわ」

不意に夏歌さんは手を上げて体を伸ばすと、改めて俺の方を見つめてきた。

「じゃあ、セックスしよっか」

「あ、え？」

唐突に言われて戸惑ってしまった。

「どうしたの？」

「いきなりだなって……」

「ここから出るためにはしなきゃでしょ？」

そうだよな、ここから出るためなんだよな。

わかっていたつもりだけど、それを再確認して、恋人気分が吹き飛んだ。

「ほら、おちんぽ出して」

それならそれでいい。気持ちいいセックスをするまでだ。

もう一度しているんだからと、恥ずかしがらずにズボンとパンツを下ろすと、夏歌さんは俺のペニスを見つめて眉根を寄せた。

「あれ？　前と違くない？」

そう言われて、視線を落とし完全に目を覚ました。

俺のペニスは、朝勃ちしていても皮が被ってて、亀頭の先っぽがちょこんと見えるだけだった。

「あ、いや、これはその……」

せっかく前はパンツを脱ぐ時に剥いて上手く誤魔化したのに、失敗してしまった。

「待って」

反射的にパンツを上げて隠そうとして、止められた。

「確かこういうのってホーケーっていうのよね？」

「まあそうですね……」

「私が剥いてあげる」

「⁉」

滅茶苦茶恥ずかしいけど、それ以上にグラビアアイドルにちんぽの皮を剥いてもらうというレアな体験がしたいって気持ちが湧き上がってしまい、お願いすることにした。

ペニスを出したまま向かい合って座ると、亀頭あたりに纏わりつく皮を剥がすように両手の指先で摘まんできた。

そこ摘まむの!?

竿を握って根本に向けて引っ張れば剥けるけど、そんなこと経験なきゃわからないよな……。

「痛い？」

突っ張った皮を抓られているような状態なので少し痛いけど、それ以上に剥いてもらいたくてゾクゾクしている。

「だ、大丈夫なので剥いてください」

「わかった、じゃあいくね」

されるがままに任せると、巨峰でも剥くように、ゆっくり引っ張っていく。

ああ、俺はちんぽ剥きされてる！　ファンだったグラドルにこんなことしてもらえて、なんて幸せなんだ……。

「んふふ、ピンク色でテカテカで可愛い」

亀頭を完全に露出させると嬉しそうに笑ったけど、不意に眉根を寄せた。

「どうしました？」

「ええと……ちょっとにおうかな？」

「夏歌さんとセックスしてから風呂に入ってないですし……」

「それって私としたから臭くなってるってこと？」

そう取るか⁉

「ち、違いますよ、あれから汗とか色々な汁が出てるけど、洗ってないって話ですよ」

怒らせたと思い慌ててそう伝える。

「ああ、私の写真集見てオナニーしてくれてたんだよね」

「あ、いや、それは……」

「それでＵＲＰ起こしちゃったんでしょ？」

さっき説明した時、写真集を見て昂ぶったとしか言ってないけど、ここに来た時下半身丸出しだったわけで、弁解の余地はないだろう。

「すみません」

「どうして謝るの？」

「いや、その……写真集をオカズに使っちゃって」

「ふふ、そういうものだってわかってるから謝らなくていいよ。というか、むしろグラビアアイドルとして、気持ちよくシコってもらうために、男の人はどうやってオナニーするか興味があるくらいだし」

「シコ……ですか？」

「うん、ちょっとシコってみてくれない？」

突然のお願いに戸惑ってしまった。

「急に言われても、心の準備というか……」

「んー……写真集はないから別のオカズが必要よね」

俺が返答をする前に、夏歌さんはさっとＴシャツとショートパンツを脱いだ。

さほどレースのないブラジャーとパンツで、色っぽくはないけど、いつも着てる感があって、誰も見たことのない普段の下着姿だと思えて興奮する。

「どう？」

そう言うと、おそらく意識的に、写真集で見たのと同じようなポーズをしてくれた。

ここまでしてもらって、シコらないわけにいかない。

「じゃあ、はじめます」

「うん、見せて」

股間に手を伸ばしペニスをシゴくと、夏歌さんは興味津々といった様子で、俺の股間を見つめてきた。

「そういう風にしてるんだ……」

視線を向けられている股間を中心に、甘い痺れが広がっていく。

嫌がる相手に見せたいなんて変態な気持ちは全くないけど、好きな人に見られるのは格別だった。

「手でっていうより、皮を被せたり剥いたりして、それで亀頭を擦ってる感じなんだね」

視線がねっとりと絡みついてくるみたいで気持ちいい。

包茎を剥かれている時にも思ったけど、夏歌さんには格好悪いところを見せても大丈夫って思えるような、不思議な包容力がある。

というか、俺のことをもっと知ってほしい！

「これは皮オナって言うやり方で……手で擦るやり方もありますが、包茎の人はたぶん、こうやってオナニーしてるんじゃないですかね……」

「じゃあ包茎のファンは、私の写真集見ながらそういう風にオナニーしてくれてるんだね」

実際今してるかもしれない。なのに俺は本物を見ながらオナニーできている。

その優越感もゾクゾクする性感に変わりどんどん昂ぶっていって、もう我慢できなくなってきた。

「夏歌さん、その……」

「もうおまんこに入れたい？」

「入れたいけど、その前におっぱいに挟んでほしいです」

夏歌さんの全てを包み込むような包容力に、完全に罪悪感は消え去り、欲望のまま素直にそうお願いしていた。

「パイズリ……だよね？　やっぱり、私のファンならそれがしてみたいよね」

「はい、はじめてグラビア見た時からずっと妄想してましたから」

情熱的に訴えると、夏歌さんは苦笑いを浮かべた。

「そこまで思ってくれてたなら、ファンサービスしなきゃダメかな……」

「お願いしますっ」

土下座する勢いで頭を下げた。

「わかったわかった、じゃあ、おちんぽ勃たせたまま仰向けになって」

気が変わらないうちにと慌てて横たわると、夏歌さんはブラを外すために、両手を背中に回した。

腋を開いて、胸を反らすような態勢でブラのホックを外している。

下からこの格好を見てるとドキドキするな。

魅惑的な腋の下が見えるし、この後、おっぱいが見えるんだという、ワクワク感もある。

「よいしょ」

言葉と共にはらりとブラが落ちると、乳房が一回り大きくなったように見えた。

その中心、ちょっと小さめの桜色の乳輪に、形のいい乳首がある。

それはファンの期待を裏切らない理想的なおっぱいで……やっぱり最高だな……。

生で再び見ることができて感動していると、胸の谷間を開いて俺の股間の上に覆い被さるようにしてペニスを包んでくれた。

「す、すご……！」

柔らかい乳房に包まれて最高の心地だけど、それ以上にグラビアでずっと見てたおっぱいにペニスを挟んでもらっているという事実に興奮する。

「これでおちんぽを擦るんだよね？」

「はぁ、はぁ、挟んだままにしてください、俺が動きますから」

腰が今にも動きそうで、そうお願いしていた。

「わかった」

夏歌さんは頷くと、両側から乳房を寄せるようにしてペニスを強く挟んでくれたので、早速乳肌を味わうように腰を動かした。

「ん……くっ」

おっぱいの表面はあくまで皮膚だ。挟まれて気持ちいい場所ではあるけど、粘膜である膣のようにはいかず、あまり滑らない。

動かすと、胸の谷間でペニスの皮膚が引っ張られ、包皮が剥けたり被ったりして、豪勢な皮オナニーをしているみたいな状況になった。

「谷間から出る時、皮が剥けてピンクの頭を出して、なんか可愛い♥」

臭いようなことを言っていたのに、夏歌さんは舌を伸ばして、胸の谷間から頭を出した亀頭をチロチロと舐めてくれた。

「れろれろ♥」

「え？　マジ……お、おお……！」

「ふふっ、れろれろ♥　どう？　気持ちいい？」

もちろん気持ちいいけど、欲求が止まらない。腰を押し出し、谷間から更に亀頭を持ち上げていた。

「はぁ、はぁ、咥えてください、パイズリフェラがファンとしての最大の夢なんですっ」

「最大の夢？　叶ったらファンをやめちゃったりしないよね？」

「もちろんやめません、一生夏歌さんのファンですっ！」

「ふふ、ありがと、じゃあ、夢、叶えてあげる♥」

肩を竦めるようにしながら俯いて、口を開き……咥え込んだ。

「はむ……ん、ろう？」

胸に挟まれたまま亀頭が生温かい口の中に迎え入れられている。

これがパイズリフェラ……！

「さ、最高……最高の最高です！」

「んふふ、れちゅ♥　ちゅぱ、れちゅむ、ちゅ♥」

咥えたまま笑うと、舌を動かしてきた。

考えてみれば、夏歌さんにフェラチオしてもらうのもはじめてなので感動も倍増した。

興奮で鼻の奥が痛いくらいツーンとして、目の前が白く霞む。先走りもダラダラと出る。

「ぷはぁ、なんか出てきてる……これは精液？」

「はぁ、はぁ、はぁ、興奮すると男も濡れるんです」

それで納得したのか、改めて咥え込んで、先走りも嫌がらず亀頭を舐め回してくれた。

「ちゅ、れちゅ、ん、ちゅむ……ぢゅるちゅる、んちゅ」

「たまにおっぱいを振ってちんぽの竿を擦ってください」

早速、咥えながら乳房を上下した。夏歌さんの唾液と俺の先走りが竿を伝って胸の谷間をヌルヌルにしてるので、今度は心地よく擦れて気持ちいい。

「はぁ、はぁ、おっぱいと口の感触が最高すぎて、もう出ちゃいそうです」

「射精だよね？　れるれる♥　いっぱいぴゅっぴゅしてもいいよ♥」

「じゃ、じゃあ、最後は……俺が動きますっ」

「え？」

亀頭を舐められてから止めていた腰を動かす。

下乳を突き上げ、おっぱいが犯されちゃってるっ」

「す、すごっ、おっぱいが犯されちゃってるっ」

下乳を突き上げ、パンパン音を立てながら高まっていく。

「犯してすみませんっ、も、もう出る！　思いっ切り挟んでくださいっ」

最後はペニスが完全に包まれた状態の乳内射精で果てたい。

そうお願いすると、乳房の左右に添えていた手に更に力を入れて、ペニスを圧迫してくれた。

「おっぱいでちんぽが潰されて……やばっ、これおっぱいまんこだっ」

俺は感激のまま込み上げてきたものを迸らせた。

どぱぁっ！　どぴゅるるるるっ！

射精の瞬間、おっぱいに強烈な魅力を感じる人間だけが得られる、性的快感、満足感が脳内を駆け巡る。

「胸の中でおちんぽ暴れて……はぁ、はぁ、おっぱいに温かいの広がってる」

俺の快感に感応して、夏歌さんも興奮してくれてるみたいで嬉しい。

「夏歌さんっ、夏歌さんっ！　あああ、お、おっぱいを孕ませたいっ！」

「はぁ、はぁ、いいよ、孕ませて♥」

「おおおおお……！」

胸骨に向けて出ているから、生殖とは何も関係ないことだけど、本気でそう思いながら、最後の一滴まで出し尽くした。

「くはぁ……はぁ……」

「あ、びくんびくんって……ゆるやかに脈打って……もう止まったの？」

「はぁ、はぁ……射精の余韻に浸ってるところです」

「じゃあもう少し、このままでいてあげるね」

そう言うと夏歌さんは、長い間柔らかい乳房で包んでくれた。

「ファンとして最大の夢が叶ってどうだった？」

しばらくして、そう質問してきた。

「もちろん最っ高でした」

感謝を込めて答えると、夏歌さんはペニスを解放し、大量の白濁でドロドロになっている胸の谷間を見せてくれた。

「ふふ、こんなファンサービスするのはあなただけなんだからね」

誰にでもするビッチじゃないという意思表示なんだろうけど、胸に出された精液を触りながらのその言葉は、俺が夏歌さんにとって特別な存在であるってことを実感できて嬉しかった。

※　※　※

「おちんぽ大っきいままだけど、すぐにセックスできる？」

「もちろんですよ」

もっと夏歌さんといやらしいことをしたい！

そう伝えると、なぜかベッドを下りて、壁際まで歩いていった。

「今度は後ろからして♥」

さっとパンツを脱いで、壁を支えにしながらお尻を突き出してきたので、俺は興奮のまま獣のように後ろから挿入した。

「はぁ、はぁ……やっぱりセックスいいね……」

繋がると、うっとりとして言う夏歌さんのおっぱいを撫でるように触る。

「手つき気持ちいい……家に帰ってから、こうやっておっぱい揉まれたりしたの思い出して我慢できなくって、オナニーしちゃったんだよ」

なんだ、夏歌さんも俺と同じだったんだな。

「その、誰を想って……ですか？」

「もう……言わせたいの？　もちろんあなたよ♥」

リップサービスかもしれないけど、それでも嬉しくなってしまうのがファンというものだ。喜びのまま早速腰を振るった
「あんっ♥　もっと♥　すごい、あぁっ、あああっ♥　ん、んぁぁぁっ♥」

夢中で抽送しながら結合部を見ると、本気で感じている印の白く泡立った愛液が溢れ出て太股を伝っていた。

「はぁ、はぁ、ファンとの激しいセックス、ドキドキして……たまんない♥」

「俺もグラビアアイドルを犯すのたまらないですっ」

あくまでファンとグラビアアイドルと割り切ったような発言だけど、だからこそ興奮する。その背徳感がいいことを俺も夏歌さんも理解しはじめていた。

改めてガッチリ腰を掴み、ペニスをギリギリまで引き抜き、股間をぶつけるように挿入する。それを繰り返し、いかにも後背位してるって感じのパンパンいう音を立てる。

「あ、ああ、犯されてるっ、はぁ、はぁ、ファンのみんなは、私にパンパンしたいのかな？」

「そうですけど、本当に犯されるのは、俺だけで我慢してくださいっ」

「じゃあ、もっと激しくして♥　あなたのおちんぽだけが大好きな女の子にしてぇ♥」

「もちろんですっ」

どういうつもりで言ったのかわからないけど、本気でそうするために、形を刻み込むように荒々しく膣奥をペニスで穿つ。

胸とお尻の肉が、俺の腰の激しい打ちつけによって波打っている。

いつまでもそうしていたかったけど、やがて限界がやってきた。

気持ちよく射精するために腰の動きを変化させる。胸に手を這わせ揉みながら、小刻みに速く振る。

「はぁ、はぁ、またおっぱい揉みながら中出しするの？」

この前も揉みながら中出ししたから、相図になってしまっている。

「はい、出します、子宮をたぷたぷにしてあげますからっ」

「はぁ、はぁ、また出されちゃうんだ……」

「嫌ですか？」

「ううん、私に注ぎ込んで♥　中出し気持ちよかったから♥」

そう言われて、ますます張り切って腰を打ちつける。

「ん……あ、あぁ、あっ、やばっ、ンンン、は、はやくらしてぇっ♥」

不意に体を縮こまらせ、膣も一段と強く締めつけてきた。

中出しでイキたいから我慢してる？

「夏歌さんっ」

締まる膣を滅茶苦茶に掻き回し、最後、大好きなグラビアアイドルに射精でトドメを与えるために、ひときわ深く貫き、滾ってきたものを解放した。

ぶぱぁっ！　どぴゅるるるるるっ！

「んひっ！　お、奥にっ、これぇ、んぉっ♥」

溜めていたものを解放するようにアゴと背中を反らせた。

「おほぉぉぉぉぉぉぉっ♥　んぉ、んぉぉぉっ♥　んんんんっ♥♥♥」

羞恥心を忘れ、あられもない声を上げて絶頂している。

夏歌さんのことを全部知りたい。本能丸出しの絶頂姿を見ながら射精の快楽に浸る。

「んんーーーっ♥　んぁぁ……ぁ……ぁ……」

声が小さくなり、一気に力が抜け、項垂れながらビクッビクッと不規則に震えた。

「なからし……しゅご……これじゃもうオナニーじゃまんぞくれきない……」

「オナニーする必要ないですよっ」

押し倒し今度はベッドの上で二回戦に突入する。

「ああ、体が嬉しくて震えてる……あなたのおちんぽ大好きになってる♥」

夏歌さんが満足するまでやり続ける。そう意気込んだんだけど……。

正確な時間はわからないけど、感覚的には三、四時間経って……俺は力尽きた。

「ちゅゅっ、もう勃たないの？」

何度も射精し、勃起しなくなったペニスを舐めながら、夏歌さんはそう訊いてきた。

「す、すみません……」

「じゃあ、連絡先教えてくれる？」

「それって……」

「これから色々な人とＵＲＰしちゃうと思うけど、私にも時間を割いてくれると嬉しいな」

つまり、またセックスしようって話だよな。

「夏歌さんが連絡してくれれば、最優先で応えますよ」

「ふふ、ありがと♥」

※　※　※

夏歌さんに『色々な人とＵＲＰしちゃうと思うけど』って言われたけど、そんなことはしていなかった。

勝手に閉じ込める罪悪感がないとしても、実際に起こしたとして、相手にセックスすることを同意してもらえる自信がなかった。

それに何より、他の誰かとしたいって思う暇がないくらい、夏歌さんが毎日連絡してきたのだ。

嬉しいことに、完全に俺のちんぽにハマっている。

要求のままにＵＲＰを起こし、夏歌さんと性欲に任せてダラダラとセックスしたり、時には快感を探求する色々なプレイをしまくっていた。

この前のお互いのアナル舐めはゾクゾクしたなぁ……。

だが、現在はじめての海外の撮影に集中するために、しばらくするのをやめると言われている。

最後にセックスしてから五日経っていた。下手にオナニーしたら、ＵＲＰが起こってしまうかもしれないので、つまりオナ禁も五日目だ。

ああ、股間がむらついてどうにかなりそうだ……。

勝手にＵＲＰを起こすこともできるけど、グラビアアイドルとしての活躍を願うファンの一人として、邪魔になっても困るので自重している。

明日しようって連絡もきたし、今日のところは、ゲームでもして気を紛らわせるか……。

久しぶりに『戦乱ワールドオンライン』を立ち上げてみる。

ん？　珍しいな……。

フレンド申請がきていた。

協力プレイはあまりしないので、拒否しようとして……差出人の名前を見て硬直した。

可憐⁉

これって、高瀬からってことで間違いないよな？

閉じ込められた部屋から脱出する直前、フレンドになろうと高瀬にユーザーネームを教えておいた。ってことは、ＵＲＰでのことを忘れていなかったってことか？

調べると可憐はオンラインみたいなので、ドキドキしながらフレンドを許可して数秒、チーム戦の招待がきた。

Sランクでの二人チーム戦をやろうというみたいだ。

俺はその下のAランクでもしんどいと思っているので、おっかなびっくり誘いを了承すると、『可憐』からボイスチャットで話しかけてきた。

「咲間だよね」

ソロプレイヤーの俺は、基本的に外しているマイクを慌ててセットする。

「そっちは高瀬だよな」

「ええ、そうよ、すぐスタートだから、準備して」

色々と訊きたいことはあったけど、合戦開始まで一分もない。

装備を調えると、軽い打ち合わせをしてすぐに、最大百人が二人チームになっての生き残りを目指す合戦バトルロイヤルがはじまった。

「城下町マップだから、右の馬小屋から行くわよ」

高瀬が操る、レアな見た目の装備をしている女忍者『可憐』の後を、俺のプレイヤーキャラである、デフォルト装備の足軽大将が追う。

「そのまま進んであんたが敵を引きつけて、私が後ろに回るから」

「了解」

チーム戦はコミュニケーションが重要だ。ゲームがスタートするとなおさら余計なことは話せない。

とりあえず、合戦が終わってからだな……。

ゲームに集中して、ランカーである可憐に必死についていく。

百人もいたプレイヤーがどんどんと減っていき、気づけば十数人になっていた。

俺のミスもカバーしてくれるし、高瀬、本当に上手いな……。

「ここから下手に動くと危ないわ、隠れて状況を見ましょう」

城の屋根裏で身を潜める。隙間から周囲の様子を探らないといけないけど、やっと話す余裕ができたみたいだ。

「このゲームやってるようなこと言ってたのに、全然ＩＮしてなかったでしょ」

ＵＲＰのこと覚えていたのかと、どう切り出していいか考えていると、高瀬に先に訊かれてしまった。

「学園では無理だけど、ゲームで話せるって思ってたのに……」

そうふて腐れたように言った。

学園じゃ無理ってことに引っかかるところはあるけど、その発言でＵＲＰのことは忘れてなかったことが確定して、なんとも言えない気持ちになった。

「その……ごめん、色々と忙しくてさ……」

「言っとくけど、別にあんたと話したいとかそういうんじゃないからね、ゲームするって約束したでしょ？」

そういえば一緒にプレイしてもらう約束してたんだっけな。

それを覚えてるってことは、当然いやらしいセックスをしたことも覚えてて……高瀬はどう思ってたんだろう……。

忘れられたことが結構辛くて、思い出さないようにしていた高瀬の裸体……感じていた顔が浮かび上がってくる。

はじめはツンケンしてたのに、最後は向こうからあんな風に求められるなんて思ってなかったな……。

気づけば勃起していて、頭がかぁっと熱くなっていく。

あ、これ、やばい――

※　※　※

脳内で何かがプツンと弾け、気づけば天井を見上げていた。

ここはいつもの謎のワンルームだよな……。

夏歌さんに請われて何度もしたので、直前の記憶が曖昧になることも、クラクラすることもない。だから、ちゃんと状況を理解している。

横を見ると考え通り高瀬が寝ていた。

やっぱりやっちまったか……。

ＵＲＰを起こす原動力は、その人とセックスしたいって想い……。

五日間のオナ禁でスイッチが入りやすくなっていたのかもしれない。

起こってしまったことは仕方ない、高瀬が目を覚ます前になんて言うか考えないとな。

自分の意志でＵＲＰは起こせるけど、セックスしないと出られないルールは変わりない。

嘘でもなんでもついて、納得してもらうか？

いや、無理だ。上手く嘘をつく自信がない以上、正直に話してわかってもらうしかない。

「ん……」

高瀬の瞼が薄く開き、俺がいるのに気づいて目を見開いた。

「な、なんで⁉　ちょっとこれどういうこと⁉」

開口一番、俺につっかかってきた。

「おはよう、高瀬、やっぱり、ゲーム上手かったな」

「え？　まあ、そりゃやりこんでるから……って、そんなことどうでもいいのよ！」

ボイスチャットしていた時のノリには戻らないか……。

混乱を収めるために、状況を説明してしまうことにした。

「つまりその……ＵＲＰを俺が起こしたみたいなんだよね」

「ん？　起こした？」

「うん、最初から話すと――」

夏歌さんのことは内緒にするつもりだったけど、それなしでは説明できず、結局全てを伝えた。

「グラビアアイドルとしたの？　しかも超能力って……」

「本当にごめん」

「……にわかには信じられないけど、その話が真実だとすると、やっぱりこの前のはあんたの仕業だったたってことじゃない」

当然、今回だけじゃなく、前のＵＲＰのことも問題になってくるよな……。

「そうなんだけど、前はそういう能力が使えるってわからなくて、あの時嘘ついたわけじゃないんだよ」

「だからって許されると思ってるの」

「思ってないから謝ったんだろ」

なんだろう、全面的に俺が悪いのに、ケンカを売るような態度を取ってしまった。

学園で無視され続けたことに、心の中で少なからず引っかかってるのかもしれない。

「あんなの謝ったことにならないわよ。誠意が全然こもってなかったし……あんたはお詫びもちゃんとできないの！」

「お詫びって言われても、ここは何も持ち込めないしな……」

「物をくれって言ってるんじゃないわよ、気持ちよ、気持ち、私のこと犯したのを悪いと思うなら態度で示しなさいよ」

「ちょっと待てよ、犯したって……同意しただろ？　それに最後はもう外に出られるのに、そっちから求めてきたじゃないか」

「は、はぁ？　頭どうかしてるんじゃない、あんたが求めてきたんでしょ」

「いやいや、それは無理があるだろ」

「それなら証拠を見せなさいよっ」

子供じみた言い合いになってしまった……。

いくらでも言い返せるけど、もっと険悪になってしまったら、この後セックスできなくなってしまう。

高瀬が望まない処女喪失を迎えてしまったのは事実なので、納得するまで謝るべきだな。

「俺が全部悪かった、ごめん……」

そう言って深々と頭を下げた。

「ここから出ることができたら、改めてお詫びはするよ」

「改めて？」

「今土下座して謝れとかいうならやるけど……」

「そんなことしないわよ。でも、今してもらいたいことはあるわ」

してもらいたいこと？

何だろうと高瀬を見つめるとぽっと赤くなって、顔を背けた。

「夏なんとかっていうグラビアアイドルと同じように、あんたを使わせてもらうから」

「使う？」

「性欲の発散に利用されてるんでしょ？」

「あー……」

そういう言い方をすればそうなのかもしれないけど、もう少し上等な関係だと思ってはいる。訂正を求めようとして……高瀬が大いに照れている意味に気づいた。

これって、俺に性欲発散させてくれって言ってるんだよな……。

考えてみれば、一回目のセックスでのハマりっぷりは、夏歌さんより上だった。

忘れてなかったたってことは、今日まで色々と溜め込んでいたってことかもしれない。

「わかった、高瀬を気持ちよくするよ」

「そ、そういうことじゃなくて……」

「違うのか？」

「違……くないわよっ、誠意を込めて全力で奉仕しなさいよっ」

真っ赤な顔をこちらに向けて、強気にそう言った。

※　※　※

「今回は私の言うことは全部聞くこと」

お詫びなので、そういう条件ではじまり、仰向けになった俺の顔の上に座って愛撫させせる、いわゆる顔面騎乗位をされていた。

「ほら、ちゃんと舐めなさいよ」

「ぷはっ、ガチで鼻とか口の上に体重かけられたら苦しくて愛撫なんてできないよ。アゴのあたりに乗るか、少し腰を浮かせてくれよ」

「そんなの知ってるわよ、ちょっとあんたを苦しめたかっただけっ」

本気なのか、知識がないのを指摘されての言い訳かわからないけど、怒ったように言った後腰を少し浮かせたので、俺の方から口を近づける。

甘酸っぱいにおいがする。まずは割れ目周辺を舐めると、結構しょっぱくて汗をかいていたのかもしれない。

「ちょ……焦らさないでよ……」

汗を舐め取りながら、割れ目の内側に舌を這わせていく。

「んぅ、ちゅ……れるれるぅ……むちゅぅ……ぢゅ、ぢゅゅっ……れろれろぅ」

舐め上げながら見上げると、高瀬の頬は上気し目を細めてやや上を向いていた。

「あ、あぁぁ……♥」

いわゆる恍惚というような……本当に幸せそうな表情を見ていると、無視されたわだかまりは完全に吹き飛び、もっと気持ちよくしてあげたいと思えて、ますます激しく舐める。

夏歌さんとした経験を総動員して、高瀬を情熱的に攻め立てる。

「れぅ……ぢゅ、れるぅ……れるれるぅ……」

愛液に塗《まみ》れている割れ目を舐め上げる。膣口に舌を差し込んで動かす。

「あ、あぁん、お、お詫びクンニ……いいっ、イッちゃう……ああっ♥」

後もう少しで絶頂に達するのがわかって、最後は思い切りクリトリスに吸いついた。

「れぢゅぢゅるるっ」

「ひぁっ、らめぇ……イクッ♥　お、お、おぉ……おおおおおぉぉぉ……♥♥」

前と同じようにイク時は呻くような声を上げている。

でも、それは我を忘れるくらいガチでイッている証でもあって、嬉しくもなる。

「お、おおぉぉぉぉぉぉぉぉぉ……！」

最後は髪を引っ張るようにして、強く自分の股間に押しつけてきた。

「ぶはぁ、いて、ちょ、まて、痛い、んんっ、くるしっ」

息をしようと首を振ると、それが気持ちいいのかさらに髪を引っ張る力を強めてくる。

「ん、んんんん……んんん……」

愛液が噴き出し顔を濡らす……結局、絶頂中ずっとおまんことキスし続けていた。

「はぁ、はぁ……これがガンキかぁ……はぁ、はぁ……」

俺の顔を解放すると、しみじみ言って余韻に浸っている。

「高瀬、この顔見てどう思う？」

髪の毛はぐしゃぐしゃで、顔もびしゃびしゃになっていた。

「男前になったじゃない」

「あ、あのな……」

呆れたふりをしながらも、この前も思ったけど高瀬とのこんな風に憎まれ口をたたき合うのは、楽しかったりする。

だから、ケンカ売るようなこと言っちゃうんだろうな……。

「ほら、次は包茎のおちんちん使わせてもらうから出しなさいっ」

そう言って、今度はズボンを脱がせようとしてきた。

俺は抵抗し、それでも高瀬は挑みかかってきて、子供のじゃれ合いみたいにベッドの上で転げ回る。

「ふふ、カチカチじゃないの」

本気で抵抗していたわけじゃないので、ズボンとパンツを下ろされてしまった。

「今回はあんたを犯してあげる」

俺に何も言わせず、マウントを取るみたいに股間に跨がると、イッても物欲しそうにヒクつく膣口に、包皮を剥かないままのペニスを押し当て腰を下ろしてきた。

「んっ、あぁ、入って……中で剥けた♥　んっ、カリが開いて……あ、ああ、私の奥に入ってくる♥」

「くっ、何これ……おまんこで剥いてもらうの気持ちいいっ」

「ふふっ、気持ちいいのはいいけど、すぐにイッちゃダメだからねっ」

繋がった感動もそこそこに、高瀬は俺の腹筋に手を当てて、楽しそうに腰を振ってきた。

「はぁ、はぁ、あ、あぁん、あぁ……ほらほらっ」

なんだこの腰使い……!?

俺だって夏歌さんと色々経験しているのに、圧倒されてしまう。

「セックスのレベル上がりすぎだろ、な、何があったんだ？」

「はぁ、はぁ、何がって何よ」

「俺とした後、クラスでよくつるんでる連中とでもしたのか？」

快感で自制心が緩んでいたのか思うままに口にすると、急に高瀬は動きを止めた。

「そんなことするわけないでしょっ」

やばい、ガチで怒ってる。

「あ、ごめん、違うなら嬉しいけど……」

「……嬉しいの？」

「そりゃ、一度した相手が別の男とやってるのはいい気分はしないよ」

「何それ、独占欲？　ここであったことはなかったことなのに？」

そう言って意地悪くぷぷぷと笑って、再び俺の上で腰を振りはじめた。

小馬鹿にされてる感じで腹は立つけど、機嫌を直してくれたみたいでよかった。

「はぁ、はぁ、そうだ、さっきのゲームの話なんだけど……」

「あ、ああ、何？」

「上手くなったとか言ってたけど、全然ダメね」

「そんなに下手だったか？」

こんな会話をしながらも、俺の上でぴょんぴょん跳ねるように動いてきて気持ちいい。

「ヘタクソだったわ」

そう言われて昔のトラウマが疼いたけど、同時に妙な昂ぶりを感じた。

昔の俺よ、ヘタクソと言ってトラウマを植えつけた女の子とセックスしてるぞっ！

「はぁ、はぁ、やばい、出そうだっ」

「急に何よ⁉　見直してもらいたかったら、もう少し我慢しなさいっ」

「くっ」

そう言われては簡単に漏らすわけにいかない。

「ふふ、いいわ、その調子でおちんちん硬くしててっ、あ、あぁん」

必死に我慢していると、高瀬も段々と昂ぶっていく。

「はぁ、はぁ、誤解されたくないから言うけど、私はあんたとセックスしてから気になってネットで色々と調べてただけだから」

「調べてオナニーでもしてたのか？」

つい、また挑発するように言うと、高瀬は睨みながら俺を見下ろしてきた。

「そうよ、してたわっ、あんたのせいでオナニー覚えちゃったんだからっ、はぁ、はぁ……でも、満足できなくてっ、私の体、えちえちになってるのよっ」

文句を言いながらも腰を止めない。本当にえちえちだった。

「ああ、やっぱりオナニーなんかより全然気持ちいい♥」

　言葉を証明するように接合部からピチャピチャと音が立ち、大量の愛液が溢れ出てきた。

膣内はぐちゅぐちゅでさらに気持ちよくなって、もう我慢できそうにない。

「た、高瀬、俺もう」

「あと少しっ、ん、くっ、ぁ、ああっ」

「げ、限界だっ」

「いいわっ、出してぇっ」

　最後は俺からも腰を押し出し、ブリッジするように高瀬を持ち上げながら、込み上げてきたものを解放した。

　ぶぱぁっ！　どぴゅるるるるるるるるっ！

「あ、ああっ、中出しされてるっ、すっごい出て……くるっ♥」

　高瀬は目を瞬かせると、俺の上で体を弓なりに反らせた。

「おほぉっ、おおおおおおおおおおぉぉぉぉ……♥♥」

　射精でイッたみたいだ。涎をダラダラ垂らしながら、いつもの呻き声を上げている。

「おおお……♥　お……ぉ……♥♥」

　精液が吐き出されるたびに、小刻みにビクビクっと震える高瀬を見上げながら、俺はイカせることができた満足感に浸った。

「セックスでイクのいい……はぁ、はぁ……」

長い間絶頂して……不意に俺の上に倒れてくると、涎塗れの唇を近づけてきた。

「ちゅっ、んちゅっ」

今日は色々あったけどノーサイドという感じの、お互い健闘をたたえ合うようなキスだった。

「ぷはぁ、あんたの前だといくらでも乱れられる……」

唇を離すとぼーっとした様子でそう言ってきた。

心を許しているみたいな言い方だけど、おそらく俺になら見栄をはらなくていいっていう程度の意味だろう。

「もうこれでいいのか？」

さっきのセックスでここから出るための扉は出現している。この前はそれでも二回戦に突入したのに、帰る準備をはじめたので、俺は確認した。

「今度すればいいでしょ」

「は？」

「だから、したくなったら呼ぶから」

「ええと、またURPを起こしてくれってことか？」

「そ、そうよ、グラドルがしてるんだからいいでしょ」

「いや、だけど……」

「何？　嫌なの？」

「嫌じゃないよ。ちょっとビックリしただけだ。ええと……これからいつでもお詫びをするよ」

「お詫びはいいよ……」

そこまで言うと、ぽっと顔を赤らめた。

「前みたいな、こ、恋人セックスもよかったし……」

「高瀬……」

もしかしてそれって……。

「言っとくけどいくらここで仲良くしても、学園じゃ話しかけないでよっ」

一転、冷たくそう言い放った。

変な期待はしないようにしよう。

「ほら、出たらゲームの続きよ、合戦終わったら練習エリアに来なさい。私の相棒になれるように鍛えてあげるから」

ヘタクソでもゲームはこれからも一緒にやってくれるみたいだ。

恋人にはなれないけど、こういう関係もありなんじゃないか、そんな風に思えていた。

※　※　※

高瀬が記憶をなくしていなかったことを知り、少し心配になってしまった。

それは高瀬のことじゃなくて、明日菜先輩のことだ。

俺より前に先輩と一緒に閉じ込められた男は、本当に記憶を失ってしまっているのだろうか？

その男は俺と同じようにURPを起こせるという……だとするならば、忘れたふりをしてるだけなんじゃないだろうか……。

気になる相手をURPに閉じ込めた後、忘れたふりをする。

これなら、後腐れなく多くの女の子とセックスできる。

URP中の記憶を失うことが多いという認識を利用して、やりまくっているだけの男だとしたら……。

「深刻な顔をして、どうしたのかな？」

種目練習中、ストレッチしながらいつものからかう様子で話しかけてきた。

あれからも部活中、それなりに親しくしてもらっているけど、大会が近かったこともあって俺が一歩引いていた。

「ちょっと気になることがあって……」

先輩がつき合おうとしている相手を簡単に中傷できないので、言葉を選ぶ。

「例の人とは上手くいってますか」

「それなりに仲良くはしてるけど、彼は最近、心ここにあらずって感じかな……」

本当に好きならそんな態度するわけがないよな……。

「先輩。その人、忘れてるっていうのは本当なんですか？」

俺は思い切ってそう尋ねた。

「んー……どうしてそう思うの？」

「本当に好きなら、忘れても……いや、逆に忘れたとしたら同じ人を何度でも閉じ込めたりするんじゃないですかね……」

「何度も、ね……そうかもしれないわね、本当に好きなら……」

そう言われて、俺ははっとしてしまった。

この発言は、自分にとってブーメランだった。

俺が明日菜先輩をもう一度、閉じ込めるべきだったんじゃないか？

先輩に好きな男がいたとしても、本気で好きならそうすべきだった……。

いや、まだ遅くはないんじゃないか？

第5章 四人で閉じ込められて（ハーレム）

学園から帰ってきた俺はスマホの画面を見ながら、どうすればいいか悩んでいた。

夏歌『いつものおねがいね♥』　既読

高瀬『ゲームする前に例の部屋で話したいんだけど』　既読

意訳すれば「ＵＲＰを起こしてくれ」ということ。

それは嬉しいことだけど、セックスしたいって気持ちがかなり高まらないと無理だから、一日一回が限界だ。どちらか断らなきゃならない。

こういう日がくるのはわかっていたけど、まったく対策していなかった。

二人にお互いのことをそれとなく伝えてあるので、事情を話せばわかってくれるかもしれないけど、後回しにされたらいい気持ちはしないだろう。

「うーん……」

いつまでも既読無視のままで放っておけない。でも、なかなか決断ができない。

こうなったら本能に従うしかないか！

相手を決めずに気持ちを昂ぶらせていけば、今、したい相手と自動的に閉じ込められるはずだ。

ペニスを弄りながら、夏歌さんと高瀬の恍惚とした顔を思い出す。

二人とも可愛らしく喘いでいても、絶頂する時はケダモノみたいになる。

そこまで追い詰めたことが嬉しくて、ゾクゾクしてくるんだよな……。

興奮してきて、後もう少しでＵＲＰが起こせる……そう感じた瞬間だった。

そういや先輩もグズグズに崩れて、イッてたっけ……。

不意に明日菜先輩の絶頂顔が浮かび上がって——

ぶつんっ!!

ひときわ大きく頭の中で何かが弾けた。

※　※　※

気づけば天井を見上げていた。

いつも通りＵＲＰが起きたみたいだけど、ある予感がして勢いよく体を起こした。

「うぐっ……」

ＵＲＰの時に起きる脳内衝撃は慣れたはずなのに、目の前がクラクラした。

頭を押さえながら横を見ると、予感通り明日菜先輩が隣に横たわっていた。

やっぱりこうなるよな……。

この前のことで、先輩に対して未練たらたらなのは自覚している。

それでつい思い出してしまったんだろうけど……。

時間的に帰宅途中だったのか、制服姿のままベッドに横たわる先輩はどこか性的で、ドキドキしながら何を話そうか考えて……俺は凍りついた。

「マジかよ……」

先輩の奥に、あと二人……同じく制服姿の高瀬と夏歌さんも横たわっていたのだ。

一人一人なら見とれてしまうほどの彼女たちを前に、俺の背中には冷や汗が流れた。

これはどういうことだ⁉　もしかして能力が暴走したのか？

わからないけど、今は原因の究明より、この現状をみんなにどう説明するか考えないと！

だが、それから数十秒、考えがまとまらないうちに、三人はほぼ同時に目を覚ましてしまった。

「京一く……」

まずは夏歌さんが俺を見て話しかけようとして、他に二人いるのに気づいて首を傾げた。

「…………？」

明日菜先輩は、周りを見て怪訝な顔をしている。

「あ、あんたこれって！」

高瀬がこっちを睨みつけながら口を開いたところで、俺は頭を下げた。

「ごめんなさいっ」

謝罪した後、誤魔化すこともできそうにないので、こうなった経緯を正直に説明した。

はじめは事情を全く知らない明日菜先輩に向けて、自分の意志でＵＲＰを起こしてから今日までのことを話し、最後に夏歌さんと高瀬の二人から連絡がきてＵＲＰを起こそうとした時に、先輩のことをつい思い浮かべてしまったことを伝えた。

「同時にＵＲＰ起こしてって連絡しちゃったんだね」

「それは……そうですね……」

夏歌さんがまず感想を漏らし、高瀬が気まずそうに同意した。

「やりまくってたんだ、どうりで部活に身が入ってないわけね」

最後に明日菜先輩が、呆れたような表情をしてそう言ってきた。

「す、すみません……」

「何度も謝らなくてもいいよ」

「いえ、謝らせてください。先輩がここにいるのは完全に事故ですし、しかも三人同時になんて舐めてますよね……」

恐縮してそう言うと、夏歌さんが俺に寄り添ってきた。

「私は三人でも舐めてるなんて思わないよ」

「い、嫌じゃないんですか？」

「ちょっと驚いただけだよ。私ともしたいと思ってくれたんでしょ？　逆にここに呼ばれずに仲間外れにされてたら嫌だったかもね」

いつも通り楽しそうに話す夏歌さんで、マイペースなのは変わりないみたいだ。

「じゃあ、早速セックスしよっか♥」

「はい……え⁉」

突然の言葉に驚いてしまった。

「私はしたくて連絡したのよ？　それに、ここを脱出するためにはみんなが気持ちよくならなきゃでしょ」

戸惑う俺を余所に、色っぽい顔をして迫ってきた。

「あなたはしたくない？」

「したくないっていうわけじゃなくて……」

明日菜先輩がどう思っているのか気になって視線を向けると、難しい顔をしていた。

「あなたはグラビアアイドルの夏歌さん……よね？」

俺が何か話そうとしていると、先輩は夏歌さんに声をかけた。

「そうだけど……可愛がってる後輩が目の前で別の女の子とセックスするの嫌？」

「そうじゃなくて女性三人……この場合の脱出方法もみんなが気持ちよくなるっていうのでいいのかな？」

別に俺が誰としてても構わないみたいだ。狼狽える様子もなくそう疑問を呈してきた。

「してみてダメだったら、その時考えればいいんじゃない」

やっぱり恋愛対象じゃないってことを再確認して若干落ち込んでいると、夏歌さんがそう言って、先輩は少し考えるような様子になった。

実際どうなんだろう……。

気を取り直して考えてみる。女の子三人ではあるけど、URPであることは間違いないので、セックスで満足できれば、ここから出られる予感はあった。

「俺が言うと調子よく聞こえますが、いつも通りで脱出のドアは出てくると思いますよ」

「そうね……他にすることないし、試してみてもいいかな……」

先輩がそう結論を出すと、夏歌さんは俺に抱きついてきた。

「ということで、まずは私としちゃおっか♥」

「ちょ、ちょっと、待ってくださいよ。こういうことはもっと相談するべきです」

今度は高瀬が割って入ってきた。

「相談？　先にセックスしたかった？　順番譲ってもいいよ」

「は、はぁ!?　そ、そんなこと言ってないんですけどっ」

「高瀬ちゃん……よね？　咲間君とセックスしたいから、URPを起こしてって連絡したんでしょ？」

痛いところを突かれて、高瀬は狼狽えた。

「そ、それはその……とにかく私は見られながらするなんて無理ですっ」

「ふふ、私は構わないわよ、むしろこういうのもちょっと興奮するかも♥」

夏歌さんはイタズラっぽく笑うと、高瀬に見せつけるように俺にキスしてきた。

さすが、イベントで１００人以上を前に水着姿でいるグラドルは肝が据わっている。

「ちゅ、んちゅゅむ……」

「い、いきなりベロチュー⁉」

高瀬が驚きの声を上げた。その通り夏歌さんは舌を俺の口の中に入れてきた。

キスは気持ちいいけど……先輩はどんな風に思って見てるんだろう？

少し恐くなったけど、口を離すことができない。

むしろ貪るようにキスしてきた夏歌さんに応えるように、激しく舌を絡めてしまう。

「れちゅ、れろ、れぉ……♥」

夏歌さんはいつものように、キスをしたまま手を股間に伸ばしてきた。

このままみんなに見られながらセックスするんだ……。

恥ずかしさと同時に妙な昂ぶりを実感していると、不意に唇を離した。

興奮してきたのに……どうしたんだ？

「おちんぽ大きくなってないけど……」

「え？」

いつもはキスされれば条件反射的に勃起するのに、股間を見ると全く反応していない。

「勃たないの……？」

黙っていた明日菜先輩が心配そうな様子で訊いてきた。

「お、おかしいですね……ははは」

冗談めかして笑ってみせたが、異常事態に俺は焦った。

勃起できないと、ここから出られないってことだ。

股間に意識を集中してみたが、勃たせる方法を忘れてしまったかのようで、どうすればいいかわからない。

自分でもズボンの上からペニスに触れてみたが、ふにゃふにゃのままで、硬くなる気配がなかった。

「夏歌さん高瀬さん、お互いのことよく知らないし、まず私たちだけで話し合ってみない？」

俺が途方に暮れていると、明日菜先輩がそう提案した。

「だけ？　咲間くん抜きでってこと？」

「ええ」

「んー……まあ、そうだね」

「私も賛成です」

最後、高瀬もそう言って話がまとまったところで三人が俺の方を見た。

「ということで、シャワールームにでもいてくれるかな？」

いたたまれなさもあって、俺はそそくさと部屋を出てシャワールームに籠もった。

何を話してるんだろう？

好奇心に突き動かされて、俺はドアに耳を押しつけた。

「……そうですよ、クラスでは女子に相手されないクソザコなのに、調子に乗ってるんですよ」

「そうね、部活でもモテてる様子はないわね……」

「そんなクソザコに犯されちゃったんだね、私たち……」

クソザコ……。

これ以上聞いても余計に意気消沈しそうなので、ドアから耳を離し、なんとか勃起する努力をしてみるた。

……ダメだ。ペニスが全く反応しない。

こんな感覚ははじめてで恐くなってきた。

ハーレムみたいなものなのに、俺はどうしちまったんだ……。

いや、むしろこの状況が俺を気後れさせているかのかもしれない。

そもそも誰からもつき合いたいと思われていないわけで、少しもハーレムじゃないし……。

「出てきていいわよ」

「あ、はい……」

結局、勃起させることができずにシャワールームから出てくると、三人は俺の前にずらっと並んだ。

「え、ええと……」

糾弾されるのかと思ったら、制服のスカートをたくし上げてパンツを見せてきた。

「いったいこれは……」

「ふふ、壮観でしょ♥」

「ふん」

楽しそうな夏歌さんと不満げな高瀬を見て、どういう意味か一瞬わけがわからなくなったけど、すぐに気づいた。

みんなで相談した結果、俺のペニスを勃起させるために、こんなことをしてるってところだろう。

「キミの好きに見ていいのよ」

「……は、はい」

俺は先輩に促されるままにパンツを見た。

高瀬は可愛らしい水色のシマパン、夏歌さんは白い清楚なパンツで、明日菜先輩はストッキング越しなのがフェチ感がある。

それぞれに魅力があって、俺は生唾を飲み込んだ。

「パンツでちゃんと興奮してくれてるみたいだね」

先輩はもう厳しい顔はしておらず、いつものからかうような様子だ。

「そりゃ、制服のスカートの中のパンツは、ある意味裸より見たいものですし……」

「もしかして、授業中とか見たいなんて思ってるんじゃないでしょうね」

高瀬は相変わらず不満そうな顔で問い質してきた。

「それは……」

全くないとは言えずに口籠もる。

「気持ち悪い」

「それだけ高瀬ちゃんが魅力的ってことだよ」

どうやら、夏歌さんたちは俺抜きで話して仲良くなったみたいで、高瀬を気さくな様子で窘めると、続けて慣れた手つきで俺のズボンとパンツを下ろしてきた。

抗うことができずに脱がされて下半身を晒すと、三人のパンツを見て十分興奮しているはずなのに、俺の包茎ペニスは象のように情けなく垂れ下がっていた。

「ありゃ……」

「いったいなんなのあんたはっ」

「まあまあ、話し合った通りみんなで勃起させてあげよ」

やっぱり示し合わせたみたいだ。

「ベッドに寝そべって」

三人の総意に抗うことはできない。先輩に促されてベッドに仰向けに横たわると、全員が俺の股間に顔を寄せてきた。

トリプルフェラ⁉　マジかよ……。

温かい息がかかり、次いで三方向から生温かい舌が触れてきた。

※　※　※

ああ、最高すぎる……。

何も心配する必要はなかった。ペニスが剥かれ、舐められ、咥えられて、みんなに協力して構いまくられてガチガチに硬くなっていた。

そして、俺の勃起を見た三人は、パンツを脱いで入れてほしいとばかりに俺にお尻を向けている。

「あなたがしたいようにしていいんだよ♥」

夏歌さんがみんなを代表するように、色っぽく割れ目を指で開きながら誘ってきた。

もちろん、ここから脱出するために言っているのはわかっている。

でも、もう気後れはない。むしろ、誰にもつき合いたいと思われていないからこそ、ペニスがイラついたように硬くなって震えていた。

クソザコちんぽでイかせまくって、どばどば中出ししてやるっ！

「いきますよっ」

普段だったら誰に入れるか悩むところだけど、欲望のままに今入れたいおまんこにペニスの先を押し当てていた。

「あ、あぁん、私？」

「はい、まず先輩をしたいようにしますっ」

唾液塗れの亀頭を、濡れ濡れの膣口に押し込んだ。

「んっ、うぐ……」

久しぶりの先輩のおまんこ……温かく迎えてくれて、一度しかしてないのに不思議と帰ってきたって感じがする。

「あ、明日菜ちゃんかぁ」

「はぁ、はぁ、何よ……」

夏歌さんと高瀬は振り向いて、残念そうな顔をしてこちらを見ている。

申し訳ないという気持ちになったけど、その表情で二人が本当に俺のペニスを待っていたことがわかり、気持ちが大きくなっていく。

「ちゃんとみんな気持ちよくするから」

そう言って、先輩の膣の感触を愉しみながらゆっくりさらに深く挿入していく。

「あ、あああっ…ん、く……」

蠢いているような膣肉を擦る快感と、もう二度とないと思っていた先輩と繋がることへの幸福感に体がブルブルと震える。

「せ、先輩の中気持ちいいです……」

「私もいいわ……はぁ、はぁ……」

全て埋めると、俺のペニスの形を覚えているかのように吸いついてきて嬉しい。

しばらく動かさずに結合の余韻に浸っていると、制服を脱いだ夏歌さんが俺の顔に乳房を押しつけてきた。

「な、夏歌さん？」

「私も仲間に入れて♥」

違うって思ったけど、こんなのハーレムでしかない。先輩の膣の感触をペニスで味わいながら、グラドルの乳首に吸いつく。

「あ、中で……震えて……もっとおっきくなってきた……んっ」

興奮してペニスが硬くなると、先輩がそう言って切なそうに腰をくねらせた。

もう童貞じゃないのでわかる。先輩の体が膣を掻き回してほしいと訴えている。

それが嬉しくて、乳首を咥えたまま腰を突き上げた。

「ひっ、きた、ひぅっ！　んんっ！　んぁっ！」

興奮してより張り出たエラで膣肉を擦り、硬い亀頭の先で膣奥を穿つ。

「んんっ！　ひ、久しぶりで感じすぎるっ、あ、あぁ、ん、んぁっ♥」

「はぁ……はぁ……これが他人のセックス……」

少し離れた高瀬は、こちらを見ながら股間に手を当てて、切なそうにモジモジしている。

その姿が愛らしくて、高瀬には次に入れてあげることを決意しつつ、夏歌さんの乳首を吸いながら腰を激しく動かす。

「明日菜ちゃん、咲間くんのおちんぽ気持ちいいよね？」

「き、気持ちいいレベルじゃない、このおちんぽ凶悪に育ってる、ああん♥」

「ふふ、いっぱいしまくったからね」

先輩に対して気まずいような誇らしいような……複雑な気持ちを抱えたまま、夏歌さんにシゴかれて成長したペニスを味わわせるために、さらに腰を切迫させる。

「すごっ、ひ、ひぃ！　ん、んぁ！　ん、ん、あ、ああっ！」

「はぁ、はぁ、凛々しい内田先輩が、咲間のおちんちんなんかに屈服してて……アへ顔しちゃってる……」

高瀬が体勢的に俺が見えない先輩の表情を実況中継してくれた。

そこまで感じてくれて満たされたような気持ちになる。

「……もっと感じさせて寝取っちゃえ」

夏歌さんが俺だけに聞こえるように耳元で囁いてきた。

はっきり先輩が好きだとは伝えたことないけど、状況は話しているので、バレているみたいだ。

考えないようにしていた、先輩がつき合いたいと言っていた男のことを思い出し、満足していた気持ちが吹き飛び、言われた通りに寝取るために奮い立つ。

俺のちんぽで先輩を奪ってやる！

「あ、あ、あぁっ、お、おく強いっ、す、すご……あ、ああ、んぁぁっ！」

夏歌さんの乳首から口を離し、先輩の腰を掴んでガン突きすると、頭を振って乱れまくった。

「はぁ、はぁ、苦しそう……大丈夫なの？」

高瀬が心配そうに訊いてきた。

「はぁ、はぁ、お、おちんぽ、気持ちいいかららいじょ、お、お、おっ」

先輩としての気遣いか、喘ぎながら高瀬にそう答える。

「まだまだです！　もっと気持ちよくなってくださいっ」

そう言ってラストスパートをかけると、膣が別の生き物のようにペニスに絡みつき、収縮し、精液を絞ろうと蠢いてきた。

「ひぁ、ああ、きょう……いちくんっ♥」

「せ、先輩っ、明日菜せんぱいっ」

お互い汗をかきながら、パンパンと音を立てて乱暴に腰を打ちつけていると、夏歌さんが俺の頭に手を回してきた。

「煽っておいて私が羨ましくなってきちゃった」

「え？」

絶頂に向かっていく途中で、夏歌さんが俺にキスしてきた。

「ちゅ♥　れちゅ、れろぉ♥」

この場面でキスって⁉

キスをしていると、どうしても意識が夏歌さんにいってしまう。好きなはずの先輩を軽視し、抜くための穴扱いしているようで強烈な罪悪感が湧き上がる。

だが、不思議と昂ぶりが止まらなかった。

も、もう限界っ！

「ちゅっ、ぢゅゅゅっ！」

夏歌さんの唇を吸いながら、腰を思い切り押し出して先輩の膣内に精液を迸らせた。

ぶぱぁっ！　どぴゅるるるるる！

「のおぉぉぉぉぉ♥♥♥」

射精が最後のひと押しになったのか、あられもない声を上げてイッている。

「す、すごっ♥　お、おお……ん、んんんんんんんんんっ♥」

先輩の体が快感で不規則に震えながら悦んでいるのがわかる。

俺も罪悪感がゾクゾクする背徳感になって性感を引き上げているのか、まるで童貞の時のような新鮮な射精感に、体に電気が走ったみたいに震えた。

「れろれろ♥　さくまくぅ……れちゅ、ちゅむ♥」

「れちゅちゅぱぁ」

最後は頭が沸騰して、先輩とキスしているような気分になりながら、子宮に俺を刻み込むように出し切った。

それと同時に先輩も全身の力を抜き、前のめりに倒れるように突っ伏して絶頂の余韻に浸っていた。

「あ、ああ……ぁ……はぁ、はぁ……」

締めつけが緩くなり、びくっ、びくっ、と震える膣も気持ちいいもので、名残惜しかったけど、ゆっくりと引き抜く。

膣口からどろっと溢れ出る精液を見ていると、改めて満たされた気持ちになった。

「先輩……はぁ……はぁ……」

「……キスしてたでしょ？　聞こえてたよ」

指摘されて、部活中に注意された時のように背筋が伸びる。

「す、すみませんっ」

「キスしながら射精、好きだもんね」

いつものようにからかうように言った。

怒ってない？

「先輩、俺は……」

先輩とまたセックスできてどれだけ嬉しかったか伝えようとして、不意に予想外の方向から、腕を引っ張られるようにして押し倒された。

何が起こったのかと戸惑っていると、俺の股間の上に高瀬が馬乗りになってきた。

「ちょ、高瀬、そんなに焦らなくても」

「はぁ、はぁ、もう我慢できないっ」

見ていて発情したのか、目が完全にイッている。

愛液と精液でヌルヌルのペニスはまだ硬いままで、高瀬は一旦腰を上げると、膣口に押し当て、瞬く間に挿入した。

「これぇ♥　これがほしかったぁ」

俺の腰の上に着席したまま、恍惚に目を細めて体を震わせている。

「あらら、高瀬ちゃんに先越されちゃった」

「はぁ、はぁ……すぐに終わらせますから待っててください」

見られるのが恥ずかしいと言っていたのを忘れたかのように、膝を立て脚をM字にしたいやらしい格好で、早速お尻を上下してきた。

「んっ、ああっ、お、おちんちんもっと硬くしなさいよ」

上から命令されながらだと、犯されているみたいで、それを見られるのは少し恥ずかしいけど、もうその恥ずかしさも快感に変わっていく。

「あ、ああ、硬くなって……これいい♥　ちょっと……もうちょっと味わわせてぇ」

犯されるようにされて興奮した俺の硬くなったペニスを味わうように、自身の膣肉で夢中でシゴいている。

「大丈夫だよ、そんなに焦らなくて、私も気持ちよくしてもらうから」

夏歌さんはそう言うと、俺の顔の上に跨がってきた。

「私のおまんこ、お口でして♥」

「は、はい」

眼前に迫ってきた割れ目は、甘くいやらしいにおいを発散している。

まず指で陰唇を開くと、膣口がヒクヒクしていて、挨拶代わりにそこに口づけをした。

「ひぁん♥」

唇にキスしながらのセックスはどこか罪悪感があったけど、ダブル騎乗位とも言うべきこの態勢は、二人を同時に気持ちよくしてやろうと、やる気が湧いてくる。

早速、舌を伸ばし、クリトリスを舌先で舐めまくる。

「あ、あぁん♥　い、いい……ふぁ♥　ん♥」

夏歌さんには唇がふやけるほどクンニもしているので、どういう風にすれば気持ちいいかわかる。

クリトリスを吸ったり甘噛みしたり、時折膣に舌を入れて中を刺激する。

「あ、あ、あぁぁん……たまんないっ」

いつもはそんなことないのに、セックスをおあずけされていることで、相当焦れているのか、上から顔に擦りつけるように腰を動かしてきた。

高瀬も俺の股間の上で餅つきするように荒々しくお尻を上下させている。

先輩にこの姿をどんな風に見られているかは気になるけど、二人の女の子に貪られるように求められるのは悪い気はしない。

ああ、これがハーレムなんだ……。

「はぁ、はぁ、咲間、動いて、もっと気持ちよくしなさいよっ」

「こっちも舌、おまんこに入れてもっと舐めまくって♥」

求められるままに腰を動かすのと同時に、夏歌さんのおまんこの中を舐める。

大変だけど、これもハーレムなんだろう。

「ズンズンきたぁ♥　く、くぅ！　ふぁっ！　あぁ、んぁぁぁっ♥」

「あ、ああっ♥　気持ちいいっ♥　おまんこぺろぺろ気持ちいいよ♥」

こんこんと溢れてくる夏歌さんの愛液が、俺の口の周りをべとべとにする。

腰を動かすと、ぐちゅぐちゅと音を立てて結合部から汁が溢れて、俺の下腹部や陰嚢を濡らす。

当然、みんな大量の汗もかく。全員で色々な汁塗れになりながら、快感を貪り合う。

ああ、なんか蕩けそうだ……。

「あ、ああ……す、すご……んんんっ♥」

段々とペースを上げて下から強く、速く、突き上げる。

「ひぁ♥　あ、ああっ♥　お、おおっ、らめらめぇ♥♥」

高瀬はもうイク寸前だ。精液を欲して下りてきた子宮口が吸いつき、膣が搾るように強く締めつけてきた。

このまま出したいけど……夏歌さんもイかせなきゃ！

頭を動かし鼻先と舌でクリトリスを擦り、顔全体で夏歌さんのおまんこを刺激しまくる。

「あ、ああ♥　いい♥　擦れて……イッちゃう♥　あああぁぁぁぁっ♥♥」

「お、おおおっ♥　いっぐっっ♥」

二人の絶頂の声を聞きながら、同時に込み上げてきた精液を高瀬の中に吐き出した。

どぴゅるるるるるっ！

「お、おおおっ♥　んひっっ♥」

「ん、んんんんんっ♥」

俺の上でイッているはずだけど、不意に二人の声が聞こえなくなった。

耳をそばだてると、キスしているような音が聞こえる。

「ちゅ、ちゅぱ♥　ちゅゅ♥」

「ん、たかせちゃ……れち、ちゅむ♥」

明らかに二人でキスしている。俺の上で仲良くキスしながらイッている姿を想像すると、妙なドキドキ感がある。

ただ、ちょっと置いてかれてる感もあって……さっき先輩はこんな感じだったのかな？

俺も参加するために、改めて夏歌さんのおまんこにキスしながら、高瀬に精液を注ぎ込み続けた。

「はぁ……よかった♥」

三人で絶頂の余韻にしばらく浸った後、夏歌さんはそう言って俺の顔から下りて視界を解放してくれた。

「最後キスしてましたよね？」

早速そう尋ねると、まだ繋がったままの高瀬が大いに慌てた。

「ふふ、高瀬ちゃんが急にキスしてきてビックリしちゃった」

「そういうことでしたか」

「あ、あんたがイク時キスするから、癖になっちゃってるのよっ」

高瀬は怒ったように言うと、腰を上げてペニスを引き抜いた。

そして、俺の股の間に屈み込むと、話題を逸らすつもりなのか、ペニスを舐めてきた。

「はむっ、ちゅ、ちゅむ、ぢゅるぢゅるぢゅるっ」

噛みつかれるような勢いだったのでビックリしたけど、吸いつきながらの丹念な舌使いに、二連戦で少し萎んでいたペニスがガチガチに硬くなった。

「ぷはぁ……次いいですよ」

口を離すと恥ずかしそうにしたまま、夏歌さんを促した。

「ありがと、高瀬ちゃん」

「うん……」

夏歌さんには素直に頷く。なんだろう、女の子同士が俺を挟んで仲良くしてくれるのは、こういうハーレム状況では、嬉しいことのように思えた。

「雑誌で見たグラビアアイドルがどんなセックスするのか興味があるわ」

「明日菜ちゃん、復活したわね」

「復活っていうか、三人でいい感じだったから邪魔しないように見てたのよ」

たぶん、先輩は俺にもう一人相手する余裕がないのを見て取ったんだろう。

「明日菜ちゃんは、私のグラビア見たことあるの？」

夏歌さんがそう尋ねると、先輩はなぜか俺を見た。

「あなたのファンっていう人がいて、気になって見たことがあったのよ」

俺は今日まで夏歌さんのことは話したことないよな？

なら他にいたのかな？　少なくとも部の中にはいなかったと思うけど……。

「明日菜ちゃんの学園に私のファンがいてくれてるんだ」

「最近、活躍してるから増えてきてますよ。クラスにもいっぱいいます」

話に割って入ってそう伝えた。

「じゃあ、その子たちに羨ましがられることしちゃおうか♥」

夏歌さんは、こういう煽り方をすると、俺が興奮するのはわかっている。

人気に火がつきかかっているグラビアアイドルと実際にセックスできるのだと、気分が高揚する。

「ふふ、おちんぽ荒ぶってるね。私どうされちゃうんだろ」

ふざけたように言う夏歌さん自身も、いつも以上に昂ぶっているみたいだ。

「はぁ、はぁ、いいよきて♥」

息を弾ませたまま、ベッドに仰向けに横たわると、自分で膝裏に手をかけ引っ張るようにして、グラビアでは見られないくらい大胆に脚を開いて誘ってきた。

「待たせた分、いっぱい気持ちよくしますね」

そう伝えて、夏歌さんの上に覆い被さり、ペニスを味わわせるように挿入した。

「入って……んんっ、ひっ、こんな……のおっ、おっ、おっ、んんんんっ♥」

膣を進み子宮口に触れた瞬間、体を強張らせた。喉奥から呻くような声を上げている。

軽くイッたみたいだけど休まないでいいのは知っている。膣内を掻き回し続ける。

「ひぁ……ま、まって、ん、ん……あ、ああ……♥　ふぁ、ああん♥」

はじめは苦しそうにしていたけど、すぐに甘い声を上げて、快楽に酔ったように喘ぎはじめた。

「あ、あぁ♥　いいのぉ♥　か、体が、ビリビリして……んぁ……あっ、ふぁん♥」

目を細め、口元を緩ませて、下腹を時折ヒクヒクと痙攣させる。幸福な快楽に包まれているのが、見ているだけでわかる。

「気持ちよさそう……」

「うん、気持ちいいの♥　もっと見て♥　あ、あぁぁん♥」

見られて興奮しているみたいだ。二人でのURPでは味わうことのできなかった、第三の目で見られる露出セックスの快感を味わっている。

「ドラマのベッドシーンでも見てるみたいね」

「はぁ、はぁ、まだまだだから……もっといやらしい姿見せるから、咲間くん、いつもみたいに激しくして♥」

夏歌さんのお尻を持ち上げ、おまんこが上向きになるようにしてから、体重を乗せて突き下ろすように膣奥を抉る。

「お、おおっ♥　おっ♥　き、きたぁ♥　あ、あぁぁぁぁっ♥　すご、のほぉっ♥」

ばちゅんばちゅんと音を立てながら、何度も叩きつけていると、あられもない声で喘ぎはじめた。

「さっきの内田先輩以上のアへ顔してる……」

「いやらしい……これはファンが卒倒しちゃうね」

「ああ、もっと恥ずかしいの見られたい、はぁ、はぁ、もっと辱めて、もっと酷いことして♥♥」

露出の興奮でMっ気にも火がついたようで、そう求めてきた。

ただ、俺は暴力的なことをするつもりはない。ずっとしたかったこと……大切にしている乳房に吸いつき、キスマークをつけた。

「え!?　そんなこと……さ、撮影できなくなっちゃうっ」

さらには首筋にも思い切り吸いついて、膣を掻き回し続ける。

「お、おっ、んぁ、こんなの見られたら終わっちゃう、グラビアアイドルとして、終わっちゃう！」

「ち、ちょっと、咲間、やめてあげなよ」

高瀬に窘められて一瞬やめようかと思ったけど振り払った。

快楽に貪欲な夏歌さんを満足させるには、ここで止めたらダメだ。

「夏歌さんにいっぱい俺の印をつけますっ」

そう言ってそこらじゅうにキスマークをつけて、グラビアアイドルの体を蹂躙しながら、膣の形が変わらんばかりに滅茶苦茶に掻き回す。

「んひぃっ！　お、おおおっ、んぐっ！」

苦しそうに呻くけど、瞳はとろんと幸せそうだ。緩んだ口元から涎を止めどなく零す。

その様子を見て高瀬も黙り込んだ。

「はぁ、はぁ、せーえきぃ、どぴゅどぴゅひて♥　しゅき♥　しゅきぃ♥　のほぉっっ♥」

夏歌さんの言葉が怪しくなり、壊れたおもちゃの人形のようにガクガクと頭を振る。

こんなことして好きって言ってくれてる？

脳みそが沸騰しているだけなんだろうけど、先輩のいる前で告白されてよりゾクゾクしてもうたまらなくなった。

「いぐいぐっ♥♥　お、おおおおおぉぉぉぉぉっ♥」

「夏歌さんっ、これがとどめです！」

体重をかけ、込み上げてきたものを思い切り吐き出した。

どぱぁ！　どぴゅるるるるっ！

「んぶっ！　ごほっ！　ごほっ、こぼっ！　ぶはっ！」

興奮しすぎて咳き込みながら絶頂している。

そんな夏歌さんにペニスを脈打たせながら、射精し続けると、ふと目が白目を剥きそうなほど上向きになる。

「ーーーーっ！」

声もなく体中の関節を異様に反らした、今までで一番あられもない姿で絶頂して、ついには意識を失ってしまった。

それと同時に膣の締めつけも緩んだけど、ビクビクビクと小さく震えて、それはそれで気持ちよくて俺はそのまま最後まで出し切った。

「ちょ、ちょっとこれ大丈夫なの？」

「前にも意識失ったことあったんで、大丈夫だと思います」

そう答えると、先輩は少し険しい顔になって、ドキッとした。

「……毎回こんなセックスしてるの？」

どんなつもりで聞いてるんだろうか？

嫉妬ってわけじゃないよな……。

「ええと、今回特別というか、みんなに見られてエスカレートしたんだと思うけど……」

「うん、見られるの気持ちよかったぁ……」

俺がそう言うと、夏歌さんが意識を取り戻して、うっとりとそう告げた。

「ちょっと、そんなことよりまだドアが出てないんだけど！」

俺たちのセックスに圧倒されて黙って見ていた高瀬が、驚いたように言ってきた。

確かにドアが出てないけど、その理由はわかっていた。

「俺がまだ満足できてないかも」

「は？　ここまでしてあんた何言ってるのよ」

「私も満足してないかな、夏歌さんみたいに意識失うくらいされてみたいかも」

先輩がそう言って微笑んだ。

どうやら嫉妬じゃなくて、気絶するようなセックスに興味があっただけみたいだな。

「私ももう少ししたいかな」

満足そうな顔をしているのに、夏歌さんもそう続いた。

「え？　なんで……」

「じゃあ、高瀬ちゃんは少し待っててくれる」

先輩がからかうように言うと、高瀬は慌てた。

「な、仲間外れにしないで、私もセックスしますっ」

※　※　※

それから俺は、いつも以上に絶倫になって三人とセックスし続けた。

さすがに頭がぼーっとしてきた俺は、体を重ねさせて、おまんこを縦に並べて自分の遺伝子を撒き散らしたいという本能に従って、思うさまにペニスを出し入れした。

「ひぁ、も、もうらめ♥」

「すご、のぉっ♥」

「おっ、おっ、おっ、わ、わらしいぐいぐ♥」

「「「おおおおおおおおおおおっ♥♥♥」」」

ついに三人同時に、絶頂させることができた。

これでみんな俺のメスになった。恋愛とは別に動物としての本能でそう実感したけど、脱出のためのドアは出なかった。

まだまだ満足してないだけだ……。

ここから出られないんじゃと不安になったけど、そう思い、続けてぐったりしたままの先輩を犯し、最後なんとなくまだしていなかったキスをした。

「先輩っ、ちゅ、ちゅっ」

「ん、んちゅ♥」

中出ししながら、甘いキスをしていると脱出のためのドアが出現した。

やっと満足したみたいだ。

ほっとすると同時にわかったことがあった。

俺はやっぱり、先輩が一番好きなんだ……。

第6章 告白（いつどこでだれが）

男なら一度は夢に見るハーレムセックスを終えて、シャワーを浴びていた。

萎んで被っているペニスを剥いて、自分と三人の体液でヌルヌルする亀頭にお湯をかける。

それにしてもすごかった……。

自分の手と皮の感触しか知らなかったのに、三人の女の子の口や膣の感触を同時に擦《す》り切れるほど味わうことができるなんてな……。

ただ、夢が叶って感慨深いものはあるけど、想像以上に大変だったのも事実だ。やっぱりやるなら一対一がいい。

ハーレムは王の嗜みで、一般人の俺としては分不相応《ぶんふそうおう》なんだろう。

「お待たせしました」

体を綺麗にして戻ると、先にシャワーを済ませた三人が待っていた。

ここから出る前に、今後どうするか話し合うために待っていてくれたのだ。

「咲間、また呼んでいいわよ」

意外にも高瀬が一番はじめにそう切り出してきた。

「またセックスしたいもんね」

「え？　あ、あの……私は違いますよ？」

夏歌さんの言葉を恥ずかしそうに否定する。

「違うの？」

「その……ゲームです。私はこいつとオンラインゲームをやってるんです。その作戦会議というか打ち合わせするのにもちょうどいいんですよ」

「確かにセックス目的以外にも、私も睡眠不足解消に役立ってるかな」

「そうそう、そういう有効活用ですよ。だから、咲間、恋愛的な要素はひとつもないから、普段話しかけたりしないでよね！」

最後はこっちを見て言い放った。相変わらず俺には厳しい高瀬だった。

まあ、無視されてる頃よりは全然親しみを感じているけど。

「高瀬ちゃんは、咲間くんに直接そんなキツいこと言っちゃってるんだ」

「勘違いしたら困りますからね。夏歌さんもちゃんと注意しておいた方がいいですよ」

「んー……そうだね、イベントとかで、変に慣れ慣れしくされても困るかな。もちろんURP中は構わないけど……」

「あ、はい……」

あくまでURPだけでの関係で、プライベートで仲良くする気はないみたいだ。

それはわかっていたつもりだけど、改めて言われて意気消沈する。

「明日菜ちゃんはどう考えてるの？」

　黙って聞いていた先輩に夏歌さんが話を振った。

「戻っても仲良くしてるんじゃないの？」

「仲良くっていうか、あくまで部活の先輩後輩よ」

「咲間くんのこと、なんとも思ってないわけじゃないんでしょ？」

　なんだろうこの展開は……。

　先輩にはつき合いたいと思っている人がいるのだ。

　だけど、そう思うと胸がチクチクして……俺は全然諦《あきら》められてない。

「明日菜ちゃんは、咲間くんより前に閉じ込められた人に想いがあるのよね？」

「ちょ、ちょょっと夏歌さんっ」

「このことはさっき話してるから」

　既にそこまで深い話をしてるのか？

「その人って、明日菜ちゃんと経験したことを丸々忘れちゃってるのよね？」

「……そうね」

「ＵＲＰで起こったことを全部忘れてしまう人が多いって言うけど。それは閉じ込められてる時に、覚えておきたくない嫌なことがあったからだって話は、知ってる？」

「まあ、そういう説もあることは……」

　俺もＵＲＰのことを調べた時に見たことはあるけど、夏歌さんは何が言いたいんだろう。

「たぶん、それは事実よ。咲間くんと十八回閉じ込められたけど、その中の一回……トラブルがあって、嫌な思いをさせちゃった時のことだけを、完全に忘れてるみたいだからね」

急に俺の話が出て驚いた。

「俺にそんなことがあったんですか？」

「ええ。覚えてたら、こうやって楽しく話してられないようなことが、ね……」

いったい何があったんだ……。

「言いづらいんだけど。明日菜ちゃんにとっては良い思い出かもしれないけど、相手に忘れられてるってことは、その人にとってはどうだったのかな……」

俺が戸惑っていると、夏歌さんは改めて先輩に話を振った。

「確かに、彼にはすごく嫌な思いをさせてると思う……」

先輩は複雑な顔をしてそう答えた。

そうなのか？　最終的には両想いになって、楽しくエッチしたんだと思ってたけど……。

「なら明日菜ちゃんも、その人のことは忘れちゃいなさいよ。それで、ちゃんと覚えてくれてる人を見てあげたらどうかな？」

夏歌さんは先輩を諭すように言った。

もしかして……覚えている俺をもっと意識しろって、先輩に言ってくれてるのか？

どうやら俺と先輩をくっつけようとして、この話をしているみたいだ。

「ちゃんと覚えてくれてる人……か」

今度は少し困ったような顔をして、俺を見つめてきた。

何か言わなきゃと思うんだけど、口が凍りついたように動かない。

「私は京一くんのことを、見ているわよ」

結局、先輩が先にそう口にした。

「見た上で可愛い後輩だとは思ってるけど、セックスしたのは、あくまでここから出るためだけかな」

いつものような俺をからかうような口調だけど、もっと言ってほしいような気持ちにならず、明らかに含まれている言葉の毒に、胸が苦しくなった。

「というわけで、目的も達したので、私は帰るわね」

そう言ってさっさとドアから出ていってしまった。

「なんかよくわからないけど、私も帰るわ」

空気を読んで高瀬もそそくさと出ていく。

最後に残った夏歌さんを見ると、困ったような……すまなそうな顔をしていた。

「明日菜ちゃんとの仲を取り持つつもりだったけど……失敗かな、ごめんね」

やっぱりそうか……。

「俺なんかとひっつけようとされるのが煩わしかったんでしょうね」

「脈はあると思ったんだけどな……」

そうだろうか？

「諦《あきら》めずに頑張って」

「はぁ……」

なんとなく気のない返事をした後、俺たちも部屋を出ようとして、訊くべきことがあるのを思い出した。

「あ、そうだ、俺は何を忘れてるんですか？　夏歌さんと閉じ込められた時に」

「え？」

そう問われるのは想定外だったのか、驚き困ったような顔をした。

「ええと……このことを今話したら、今回のこと全て忘れちゃうかもしれないから、後で連絡するね」

そうか、俺が忘れたいって思うくらいの嫌なことがあった時の話なんだよな……。

さっきはなんとなく流しちゃったけど、これって結構やばくないか？

※　※　※

自分の部屋に戻ってきた俺は、夏歌さんからの連絡を待ちながら、何があったのかすぐに気づいてしまった。

何もない閉ざされた場所で、ショックを受けることは限られている。

フラれたってことだよな……。

ただ、そのためには俺が告白しないといけない。

夏歌さんにその気はないし、仕事を大切にしているのは知っているので絶対無理だって

わかっていたはずなのに……。

胸がキュンとするようなことがあって、つい口走ったとか、そういうことだろうか……。

それにしても、俺はちゃんと告白できたんだな。あんなに想い続けた先輩には、なかな

か告白できなかったのに……。

複雑な気持ちになって、はっとした。

俺は既に……先輩に告白してるんじゃないか？

そして、フラれて夏歌さんの時と同じように、忘れてしまっている。

考えてみると、先輩は俺が話したことがないことを知ってたり、セックスの時はじめて

なのに、妙に俺の悦ぶやり方をしてきた。

待てよ……だとするなら、先輩がつき合いたいって言った男ってのも俺ってことになら

ないか？

そう気づいた瞬間、スマホが震えた。

『**告白してフラれた**』

夏歌さんからのメールを開く前に、その件名を見て悟った。

そうか……やっぱりそうか……。

予想はしていたけど、想像以上に恥ずかしくて、悔しくて、俺は自分のベッドの上でしばらく悶え続けた。

※　※　※

俺には先輩しかいない……。

前日届いたメールを見て改めてそう思った俺は、昼休みになって、三年生の校舎を訪ねた。

先輩の教室の前で、クラスメイトの人に部活のことと言って呼び出してもらうと、やってきた先輩に人目がつかない、使われていない廊下の端にまで連れてこられた。

「私に会いたかったからって、部活の話なんて嘘ついちゃダメよ」

いつものからかうような言い方で、昨日のような言葉の毒は感じない。

気のせいだったんだろうか……。

とにかく、言うべきことを言おう。

「先輩、俺は気づいたんです」

一息入れてから、改めて切り出した。

「先輩が言ってた、前にＵＲＰを経験した男って……俺じゃないですか？」

本題から伝えると、先輩は少し驚いたようだけど、すぐに表情を戻した。

「そっか……まあ、におわせるようなことも言ってるしね」

「ってことは……」

「ええ、キミで間違いないわ」

先輩はそう言って俺の考えを認めた。

「それで……だからどうなのかな？」

色々と訊きたいことはあるけど、まずはっきりさせておかなきゃいけないことがある。

「思い出したらつき合うって言ってましたけど、それって信じていいんですか？」

眉根を寄せて険しい表情になり、そのまま先輩は何か言おうとしたけど……口を噤み首を横に振った。

「先輩？」

「推測しただけで思い出したわけじゃないんでしょ？」

「それはそうですけど……」

つき合うのは無理ってことか……？

「もう私のことはどうでもいいじゃない」

「そんな……よくなんかありませんよ！」

「そんなに私とセックスしたいの？」

ここでそれを言うのは冗談っぽいけど、もうからかうような口調じゃなく淡々と言われてしまって、俺はゾッとしてしまった。

「高瀬ちゃんや夏歌さんはＵＲＰを起こして閉じ込めていいって言ってくれてるんだから、それでいいじゃない」

最後はまたいつもの口調に戻ったけど、昨日の最後と同じく言葉に毒を感じてしまった。

追いかけようとしたけど、脚が凍りついたように動かなかった。

※　※　※

前にＵＲＰで閉じ込められた男が俺だって認めさせれば、つき合えると思っていたけど、甘かったみたいだ……。

フラれた時、いったい何があったんだ？

先輩は思い出したらつき合うっていうのは否定もしていないので、ワンチャンあると思って必死に記憶を探る。

放課後になっても部活にも行かずに考えていると、高瀬が珍しく教室で話しかけてきた。

「思い出したわ」

「え⁉」

「小さい頃ゲームしてヘタクソって言ったことをね」

「あ、ああ……」

一瞬、先輩とのことかと思ったけど、そんなわけない。

「でも、謝らないわよ。あんなこと言ったのは、あんた私のことが好きなくせに、うじうじしてたからよ」

この前に小さい頃好きだったって伝えたけど、その当時からバレていたみたいだ。

それで遠ざけようとしたってことか……。

「あんな煮え切らない態度されたらイライラして当然よ」

俺は気づかずに好きな人をイラつかせてしまったみたいだ。

高瀬の言葉でそう気づいて、ふと、それは何も過去だけじゃなくて、今も同じ失敗をしてるんじゃないかと思えた。

さっき先輩の前で俺はなんて言った？　自分の気持ちをちゃんと伝えずに、うじうじしていたようなものじゃないか？

先輩はさぞやイラついたに違いない。

「ちょっと、そんな顔しないでよ」

そう言われて高瀬を見ると、自分の発言で俺を落ち込ませたと思ったのか、すまなそうな顔をしていた。

「あんたの容姿は……まあ嫌いじゃないから、あの時、ちゃんと気持ちを伝えてくれれば、何かあったかもしれないのにね」

フォローするようなことを言ってくれた。

まったく見当違いだけど、その言葉ではっきりわかった。

今しなきゃいけないのは、過去を思い出すことじゃない。今の気持ちを伝えるべきで……改めてフラれるかもしれないけど、言わなきゃチャンスはない。

「ありがとう、高瀬」

「は？　言っておくけど今はもう手遅れだからね」

高瀬は相変わらずだけど悪い気はしなかった。

「わかってるよ、じゃあな」

先輩は手遅れにならないように早く言おうと、すぐに教室を出た。

※　※　※

陸上部の部室まで急いでやってきた俺は、先輩はまだ来ていないようなので、一旦出て入り口の前で待ち構えた。

ドキドキする……。

それもそのはず、俺の記憶の上ではまだ誰にも告白していない。

期待と不安で緊張していると……先輩の姿が見えた。

「明日菜先輩……その……」

声をかけると、聞こえているはずなのに、完全に無視して部室に入ってしまった。

先輩がこんな風に露骨に避けるような態度を取るのははじめてで、戸惑ってしまう。

こんな時こそＵＲＰを起こせばいいんじゃないか？

そう考えてすぐに否定した。あの場所で告白して、忘れてしまうのはもうごめんだ。

上手くいかないとしても、ちゃんと覚えておきたい。

そう決意してからしばらくして、部活がはじまり準備運動をするために陸上部のみんなが校庭に集まった。

「この後時間いいですか？」

俺は先輩に近づき、声を潜めてお願いした。

「……言いたいことがあるなら今言って」

さすがに無視はしなかったけど、先輩は俺の方を見ずに答えた。

今告白したら大勢に聞かれてしまうので無理だと思ったけど、そんな気持ちが俺をうじうじさせているのだと気づいた。

だいたい聞かれて問題があるのか？

「じゃあ言います……明日菜先輩、好きです！」

はっきりそう伝えた。

突然の告白に周囲が一瞬シーンとなったけど続ける。

「はじめて見た時から憧れて……同じ種目のよしみで気さくに話してくれて……からかったりイジってくれて嬉しくて……本気で好きになりました！　つき合ってください！」

先輩の気持ちを忖度《そんたく》せずに、自分の言いたいことを言った。

恥ずかしさはあったけど、妙なすがすがしさはあった。

返答を求めようと改めて口を開きかけて、近くにいた他の陸上部の一人にドン！　と突き飛ばされてしまった。

「おい、部活中に何言ってるんだ！」

確か明日菜先輩に好意を持っていると噂されてる高雄《たかお》先輩だ。

他の部員たちは『種目が一緒で優しくされてたから勘違いしたんじゃない？』『分不相応』『お前がつき合えるなら俺がつき合うわ』『イジってくれて嬉しいって変態』などと、笑いながら話している。

「ちょっと来て」

さすがにこの場所で告白されると思っていなかったみたいで、驚いたままの先輩に、みんなに声が聞こえない程度の少し離れた場所に引っ張ってこられた。

「いったいどういうつもり？　思い出したわけじゃないんでしょ」

「過去に何があったかは別問題です。俺は今の気持ちを伝えたかったんです」

そう答えると、先輩は大きく溜め息を吐いた。

「さっきも言ったけど、夏歌さんたちとセックスできるんだから、私のことはもういいじゃない」

「よくありません、俺が……俺がセックスしたいのは先輩だけです」

改めて想いを伝えると、後ろから肩を掴まれた。

「何かあったかは知らんが、部活にならんから、今日は帰ってくれ」

陸上部の部長だった。あまり個人の問題には立ち入らない部長だけど、部のみんなが遠巻きに見ていて練習をはじめることができないので、収めにきたみたいだ。

でも、俺は答えを聞くまで帰るつもりはない。

改めて明日菜先輩を見ると、向こうも真剣に見つめ返してきた。

「そんなに私のことが好きなの？」

「はい」

すると先輩は驚くくらい真面目な顔をした。

「じゃあ、４００メートルで勝負しましょう。キミが勝ったらつき合ってあげる。でも、負けたら諦めて」

「え……」

明らかに本気で言っているけど、これはどういう意味なんだろう？

入部してタイム差は少しずつ縮まってきてはいるけど、先輩をまだ抜いたことはない。つまり、負けが決定した勝負だから、フッているのと同じ意味ってことか？

「いいじゃないか、その勝負やろう」

先輩の意図を考えていると、俺が答える前に部長がそう応じた。

「だが、負けたら諦めるだけじゃ甘い、その場合は部をやめてもらう」

「おお、その勝負面白れぇ」

高雄先輩の声がして振り向くと、離れて見ていたはずの他の部員たちがいた。部長が話しかけてきたのを契機に近づいてきていたみたいで、みんな聞いていたみたいだ。勝負をしろと囃し立ててきた。

もう断ることはできそうにない……。

「わかりました……」

その条件を飲んで、400メートルのスタートラインに立った。

俺が告白したということはあっという間に校庭全体に伝わっていて、外の運動部たちの見世物になっている。

公開失恋……どれだけ無様に負けるか見るつもりなんだろうけど、チャンスはあると思っていた。

後半型の俺が序盤から飛ばしてリードすれば、先輩はリズムを崩すかもしれない。

ペース配分は繊細なもので、途中狂えば、かなりタイムを落とす。

俺は横に並ぶ先輩を見た。あれから何も喋らず、何を考えているかわからない。

絶対に勝とう……。

勝てばつき合えるなんて単純に思ってはいないけど、先輩の気持ちは教えてもらえるはず。

「準備はいいか……ヨーイ、ドン！」

スターターを買って出た部長の拍手を相図に走り出した。

俺はまず100メートルを走るつもりで全力で飛ばす。

リードしたまま200、300メートルを超えて意外といけるんじゃないかと思った瞬間、あっさり先輩に抜かれた。

それと同時に酸素不足で、一気に苦しさが襲ってきた。

リズムを狂わせたのは俺だけじゃないか……。

痛いくらいの苦しさを抑えて脚を無理矢理動かすが、先輩は離れていくばかりだ。

ゴール寸前、完全に無酸素状態になって、頭がぼーっとしてきた。

呼吸が乱れ、脚も動かなくなり、前のめりにバランスを崩す。

何とか転ぶのを堪えようと、頭をあげると……先輩がゴールを切る後ろ姿が見えた。

ああ、美しい……この走る後ろ姿に惚れたんだ……。

「せんぱぁい、好きだぁぁぁ……！」

はじめて一緒に走ったことを思い出しながらそう叫び、受け身も取れずに地面に思い切り倒れ込んだ。

俺の無様な姿に対しての周囲の笑い声を聞きながら、無酸素状態が限界を越えて、意識を失った――

※　※　※

気づくと俺は保健室のベッドに横たわっていた。

「起きたの？」

声をかけられて、その主を見ると、ジャージ姿をした明日菜先輩だった。

「俺を……ずっと看ててくれたんですか？」

「保健の先生は職員会議中なのよ。部活中に意識を失った人を副部長として放っておくわけにいかないでしょ」

「そうですよね……」

何か期待していいのかと思ったけど、今の部に俺を看てくれる人はいないだろうから、副部長として先輩がついていてくれたんだろう……。

「勝負は……俺の負けですよね？」

意識を失う前、負けたのはわかったけど、念のために訊いた。

「キミはゴールしなかったから、私が勝ったわ」

もう部活に出られない。先輩との関係が完全に切れる。

悲しくて、悔しくなって……でも、先輩の前で呻いたり泣いたりするのは格好悪いと思えて堪える。

「本気なのはわかったわ。キミは後半型って言って、ゴールしても力を余していたけど、出し切ったわね」

「本気で勝負しました……」

俺がそう答えると先輩は優しく笑った。

「いいえ、本気っていうのはそうじゃなくて……私を好きって気持ちよ」

「え？」

「最後『先輩好き』って叫びながら倒れたの、みんな笑っていたけど……私は心を打たれたわ」

先輩はそう言うと、顔を寄せてきて……唇に柔らかい感触が触れた。

キスされた？

「試すようなことしてごめんね、私もキミのこと好きよ」

すき？　隙？　鋤？　ええと……好きでいいんだよな？

「どうして……」

言ってほしい言葉だったのに、信じられなくて訊き返してしまった。

「もっと喜んでくれるかと思ったんだけどな」

「もちろん嬉しいですけど、なんか信じられなくて」

俺の言葉に先輩は、少し遠くを見るような目になった。

「そうね、だったらはじめから説明した方がいいかしらね……」

先輩はそう前置きすると、ゆっくり語りはじめた。

「ええと……キミはさっき校庭で告白してくれたけど、その前に何回してると思う？」

「え？」

覚えてないけど、記憶にあるURPの前に……一回じゃないのか？

「この質問の意味わからない？　本当に好きなら、忘れても同じ人を何度も閉じ込めるって言ったのは、キミよ」

確かにそのようなことを言った……。

つまり俺は一回だけじゃなくて、URPを起こしてフラれて忘れ、またURPを起こしてフラれて忘れて……それを繰り返してたのか？

「もしかして……五回くらい告白してますか？」

新たな事実に驚いたけど、それを抑えて少し多めに伝えると、先輩は右手に二本、左手に五本の指を立てた。

「な、七回？」

そんなにか……。

「いえ、二十五回よ」

マジ⁉　ってことは、俺はそれだけ先輩とセックスしたってことだよな⁉

「フッてもフッても、その記憶を無くして、また閉じ込められて……まるでゾンビを相手にしているみたいだったわ」

急に告げられた事実を理解するのが精一杯で、どう返事をしていいかわからない。

「それで告白されなかったからなんでしょうね、二十六回目を最後に閉じ込められなくなった。キミから解放されたようで嬉しかったわ」

「そ、そうですよね……本当にごめんなさい……」

好きでもない相手に何度も告白されて、セックスするはめになったってことで……先輩はどれだけ嫌だったろう。

「別にいいわよ、今はもう気にしてないから」

「そう……なんですか？」

「開放感が収まった後、段々とキミのことが気になっていったから……」

「それって俺を……」

「ええ、好きってことよ」

先輩が好意を抱いてくれた理由をはっきり理解した。

決して俺に特別な魅力があったわけじゃない。

ゲームみたいにセーブポイントから何度もロードして、先輩を攻略したみたいだ。

格好悪いけど、そうでもしなければ先輩に好きになってもらうことはなかったに違いない……。

「でも、高まる私とは逆に、キミは私への関心が薄くなっていってたのよね」

「え!?　それは気のせいじゃ……」

そうは答えたけど、高瀬や夏歌さんと立て続けにセックスしていたので、浮ついた気持ちになっていたのは事実だ。

「少なくとも、URPを繰り返している時みたいに私を情熱的に見てくることはなかったから、雨宿りしたあの日、記憶を思い出したら……いえ、熱い愛情を思い出したらつき合うって言ったのよ」

あの時のことは……そういう意味だったのか……。

なんで思い出さないとダメなのか疑問だったけど、はっきりしない俺が言わせたようなものだ。

「だから昨日、閉じ込められて、少なくとも私とセックスしたいとは思ってくれているのがわかって嬉しかったわ」

先輩はそこまで言うと、ちょっと複雑そうに笑った。

「でも、私より夏歌さんが好きなのかなって思えたのよね」

「それは違います、つき合いたいのは先輩だけですっ」

これは返事を曖昧にできない。はっきりそう伝えると、先輩は目を細めて不審そうな顔をした。

「そうなの？　夏歌さんとの間にも忘れてしまったＵＲＰがあったみたいだけど、その時にいったい何があったのかしらね」

少し皮肉るように言ってきた。

先輩は自分の時と同じように夏歌さんにも俺が告白したって思ってるのか……。

つき合いたいくらい好きなのは先輩だけだって、俺はどうやって説明すればいいんだろう？

悩んでいると先輩は愉快そうに笑った。

「ふふふ、そんなに悩まなくていいわよ、キミが本気だってわかったって言ったでしょ」

「それがさっきの400メートル走の結果ってことか……。

「それだけじゃなくて、倒れるくらい必死に走ったキミを見て少し反省したわ」

「反省……ですか？」

「好きになってほしいなら、私も必死にならないとね」

ベッドに上がり込んで、俺に抱きついてきた。

「せ、先輩……」

「夏歌さんより……それだけじゃないわね、高瀬ちゃんよりも私の方がいいってことを、その身に教え込んであげる」

いつものからかうような調子で言って、顔を寄せてきた。

「ちゅ♥　れろ……むちゅ♥」

脱出のためにどこか演技していたようなキスとは違い、本気の愛情が感じられる。

唾たっぷりの舌を絡めてきて、同時に股間に手を伸ばしてきた。

「せんぱ……ん……ちゅむ……ごくん……んはぁ……」

口の中に先輩の唾がたまり、時折飲み込みながら、ズボンの上からペニスへの愛撫を味わう。

「好きよ♥　ちゅ、れちゅ……ちゅぱぁ♥」

４００メートル走で負けて、もう終わったと思ったからこそ、この幸せな状況に天にも昇りそうな心地だ。

しばらくそうやって、愛情たっぷりにキスをしてもらっていると、穿いたままになっていた練習着のハーフパンツを下ろそうとしてきた。

「ぬ、脱がすんですか？」

「おちんぽがパンツの中で切なそうに震えてるから、フェラチオしてあげる」

「で、でも……ここ保健室ですよ……」

「ふふ、見つかっちゃうかもね」

「せ、先輩……」

「大丈夫よ、ドアを内側からロックしてるから」

それなら安心……なのか？

「ただ職員会議が急に終わったり、誰か怪我をして保健の先生を連れて戻ってきたりしたら、カギで開けられちゃうけどね」

全然、大丈夫じゃない。これから三十分くらい誰も来ない確率は五割ってところじゃないだろうか。

でも、そう思うと不思議と胸が昂ぶる。

密室だったＵＲＰでは味わうことのできなかった、緊張感と背徳感を味わいたくて仕方なくなってしまった。

「先輩、お願いします」

そう言うと、先輩は俺が断るわけないとわかっていたかのように、すぐに下着ごとハーフパンツをおろし、ペニスを露出させた。

「十四回目の時に腰が抜けるほど興奮してたやり方してあげるわね」

俺はどんなことをしてもらったんだ？ 覚えてないってことがもどかしい。

早速、先輩は舌先を使って包皮を剥き、蒸れた亀頭を咥え込んできた。

「はむ……れぉ♥ ちゅぱ♥」

しばらく、汚れを落とすように亀頭を丹念に舐めながら、根本にかけていた指を動かしてシゴいた後、急に舌をもの凄い速さで回してきた。

「お、おおお！ ちんぽが洗濯機に巻きこまれたみたいで……これが十四回目のやり方ですか⁉」

「れろれろぉ♥ これひゃないわ……ん、ぢゅっ、ぢゅゅゅっ！」

どうやら違うみたいで、今度は強く吸いついてきた。

竿に上唇が張りついて鼻の下が伸び、吸いつくことで頬が凹む。フェラ顔になって頭を振ってきた。

「ぐぷ♥ ぐぷ♥ ぐぷ♥ ぐぷ♥」

凛々しい先輩を学園でこんないやらしい顔させていると思うと、余計に昂ぶってくる。

「だ、だめ、も、もう……」

あっという間に限界寸前まできてそう伝えると、ひときわ深く咥え込み自ら喉奥に当たるようにしてきた。

亀頭に触れるコリコリした感触が……たまんない。

口内の柔らかさとは別の心地良さに、先走りが大量に漏れる。

「んぶっ、んぇ、お、ちゅん、ん、んぇ、おぇっ」

明らかに苦しそうなのに、大きなストロークで頭を振り、喉で亀頭をシゴくのをやめない。

これが十四回のやり方か……！

「せ、先輩！　出るっ！」

そう言うと、一段と深く咥え込んできた。亀頭が喉に締めつけられるのを感じながら、俺は漏らすように射精した。

どぴゅぅっ！　びゅるるるるるるっ！

脊椎から脳天に突き抜ける強烈な射精感と共に大量に吐き出す。

「んぶっ⁉　ん、んんっ」

先輩は驚いたように目を見開いたけど、頭を離さなかった。

「せ、先輩……これすごい……」

俺の陰毛に鼻を埋めたまま苦しそうにしている。腰を引いて口を解放してあげた方がいいってわかっていても、快感で動けない。

先輩が嘔吐《えず》くたびに喉が締めつけてきて、膣とも口内とも違う感覚に、言っていた通り腰が抜けそうになるくらいの快感だった。

「ん、んぶっ、ん、んぅ……」

結局、最後まで口を離さず、俺の精液を喉奥で受け止めてくれた。

「ふぁ……ぅ……」

射精の迸りが収まると、先輩は頭を引きゆっくりペニスを吐き出してきた。

俺のペニスは規格外の大きさじゃないけど、口から引き出されるとこんなに長かったのかと感心してしまう。

「ぢゅゅゅ、んんっ……」

最後、尿道に残った残留液を吸い取りながら、先輩はやっと口を離した。

「ふはぁ、げほげほっ」

「だ、大丈夫ですか？」

そう訊くと口内に残った精液を飲み込んだ後、口を拭いながら微笑んだ。

「咽頭に締めつけられながらの射精、最高だったでしょ？」

「もちろんですっ」

「ふふ、よかった……」

そう言って微笑む先輩にお返ししたくてたまらなくなる。

「先輩、今度は俺が舐めて気持ちよくします」

「じゃあ、私も脱がしてくれる？」

股間丸出しで、今見つかったら俺だけ問題にされるだろう。そう言ってくれたのは先輩の覚悟に思えた。

早速ジャージを脱がすと、さっき走った時のTシャツとスパッツ姿になった。

汗をかいたのか若干湿っていて、フェロモンの混じった汗のにおいにたまらなく興奮する。

「毎回忘れて成長してなくてガッカリさせてたと思いますが、今度は気持ちよくしますからね」

「ふふ、夏歌さんとして上手くなったんだよね、ちょっと妬けるかな」

失言だった。申し訳ない気持ちになったけど、その分たくさん感じさせようと決意する。

体の上からマッサージでもするようにたっぷり愛撫した後、パンツごとスパッツを下ろして、露わになった股間に顔を近づけた。

「久しぶりでドキドキする……」

俺の記憶では先輩への初クンニだ……。

控えめにはみ出たヒダの間に舌を差し込み、割れ目を開くように舐める。既に濡れていて舌を動かすとくちゅくちゅと音が鳴った。

「れろれろ、ちゅぱっ、れろぅ」

膣口がヒクヒクしはじめたので、たまらずそこに舌先を挿入した。

「な、中にぃ、ん、んぅ♥」

膣に入れた舌を動かす。同時に皮の下からちょこんと覗くクリトリスを指で触る。

「あ、あぁ……ん、んあ……はぁ……クリも　んぁっ♥」

膣を舐めつつ、クリトリスを摘み、軽く捻る。

「や、やっぱり上手くなってる……体が痺れて……ああん♥」

まだこれからだ。クリトリスの周りを指で広げて完全に露出させた後、膣から口を離してぷっくり膨れた肉芽に吸いついた。

「ちゅむ、ちゅ、ぢゅゅゅ、ちゅるるっ、ちゅむぅ」

「ふ、ふぁっ♥　す、すごっ♥　あ、あひっ、ふあぁ♥」

クリトリスを吸われるのは相当気持ちいいようで、腰を跳ねさせた。

「ひっ！　あ、んぐっ♥　いいっ♥　もっとぉ♥」

膣口からは、先輩の快感を表すように愛液が溢れ出た。

クリトリスを口で刺激したまま膣口に指を入れる。

「す、すご……これが夏歌さんとのやり方♥　んぁぁぁっ♥」

ここまで感じていると嫉妬心も快感に変わっていくのか、一気に昂ぶっていく。

「そんなにされたら、もうイッちゃうっ♥」

「ちゅむっ、イッてください、れちゅ、ちゅぱちゅぱっ」

先輩は大量に愛液を漏らしながら腰を突き出し、俺の顔に股間を押しつけるようにして絶頂した。

「イクっ♥　イッてるっ♥　ん、んんんんーーー……♥♥」

顔中びしょ濡れになるけど、求められるのは嬉しくて、イッている先輩を顔の凹凸で擦り続ける。

「ひ、ひぁ、それいい……幸せ……あ、あぁぁ……あぁあぁ………♥♥」

恍惚としながらイキ続けて……不意に力が抜けて腰が落ち、俺の顔は解放された。

「はぁ、はぁ……びしょびしょだね」

快楽の余韻に浸りながら俺の顔を見ていた先輩がそう言うと、急に目を丸くした。

「もうおちんぽ硬くなってる……そんなにされて興奮しちゃったの？」

「先輩の愛液を浴びたら、元気にもなりますよ」

「じゃあ、このままここでセックスする？」

していいるのが見つかれば退学にならないまでも、学園側から重いペナルティを受けるだろう。

それでもしたい。リスクがあるとわかった上でもセックスするなら、ちゃんと確認しなきゃいけないことがある。

「先輩……好きになってもらうために必死になるって言ってましたけど、必死になってもらわなくても先輩のこと好きですよ」

「……ありがと」

「俺たち両想いで……恋人同士でいいんですよね？」

「それは……」

先輩はそこで一旦言葉を止めると、体を起こした。

「私はまだちゃんと伝えてなかったわね」

そう前置きして、俺を真っ直ぐ見つめながら、言葉を続けた。

「何度もURPを経験して、キミ以上にキミを知っている部分もある……変な幻想とか抱いていないわ、その上で好き……愛してる」

URPを繰り返したおかげで好きになってもらえたことが格好悪いと思えたけど、そんな風に思ったのは間違いだった。

今の先輩の言葉で、繰り返した上で、好きになってもらえたのは、むしろ誇らしいことだとわかった。

「どうしたの？　今からつき合いたくないって言っても、私がゾンビみたいに追いかけるわよ」

感動して言葉を失っていると、冗談めかして言ってきた。

「先輩をゾンビになんてしません、もちろんつき合いたいですっ！」

「じゃあ、キミと私は本物の恋人同士……間違いないわね」

「先輩……」

片想いしていた人の恋人になれる……人間にとってこれほど幸福なことはないんじゃ

ないだろうか？

「ふふ、これからはいつでもセックスできるから、後にする？」

「いえ、今……この感動が冷めないうちに先輩としたいです」

「私もよ……前みたいな「ふり」じゃない本気の恋人セックスしよ♥」

「はい」

俺たちは服を脱がせ合った。何かあった時に誤魔化しづらくなる自殺行為だけど、お互い本気で愛し合うには着たままは、相応しくないような気がしたからだ。

「綺麗です……」

「キミも素敵よ……」

学ぶべき学園で裸で見つめ合う。先輩の美しい体を見られる喜びと、もしかしたらバレてしまうかもしれないという、ＵＲＰでは体験できなかった緊張感でたまらなく興奮する。

「キミはこれからこの体を自由にしていいのよ」

「はい、恋人の先輩を自由に愛します」

そう答え、先輩を抱きしめ、押し倒すようにベッドに横たえると、正常位でペニスを挿入した。

「はぁ、はぁ、京一くんのおちんぽ……気持ちいい♥」

奥まで入ると、先輩は感激を示すように色っぽく両手を上げた。

綺麗で美味しそうな腋だ……。

部活中チラ見していた腋の魅力を再確認して、自由にしていいと言われたのもあって、俺は腋に吸いつき舐めていた。

「ぢゅっ、れちゅ、ちゅ、れろれろ」

「ん……美味しそうに舐めて……変態だね」

「ダメですか？」

「さっき走ったから汗くさくない？」

「汗くさくなんかないです、綺麗だなって思ったら舐めてました」

「ふふ、無意識で腋を舐めちゃうくらい好きなのは知ってるわ」

先輩の腋を舐めたことあったっけ？

「もしかして……俺、前に舐めてますか？」

「ええ、何度も舐められたから、今はキミに舐められると気持ちよくなっちゃうわ♥　ふふ、私も変態ね」

そう言われたらもう止まらなかった。忘れた分も遠慮なく舐める。

「れろれろ、ちゅぱ……先輩の汗美味しいです」

「満足したら、私も舐めてあげるからこっち見て」

ひとしきり腋を舐めてから顔を上げると、先輩は俺の耳を舐めてきた。

「好き♥　れろれろ……好きよ♥」

これも過去にやったことなのか、耳元で囁きながらのリアルバイノーラル耳舐めに全身ゾクゾクしてくる。

負けてられない。夏歌さんでさんざん触って鍛えられた乳揉みを披露する。

「あ、ああん、おっぱいそんなにして……いい♥」

そんな風に腰を動かさずお互いの体を舐めたり、手で愛撫したりして高まっていく。

「はじめての時からすごく成長して……すごい♥」

はじめての時……その言葉を聞いて俺は止まった。

「はぁ、はぁ……どうしたの？」

「あ、あの先輩……先輩のはじめてって、俺ですか？」

俺が忘れた一回目が気になって、訊いてしまった。

「ふふ、気になるよね……でも、安心して、このおちんぽが私の処女を破っているわよ」

「先輩……」

そう言ってもらえて嬉しかったけど、同時に覚えていないので、自分に寝取られているような感覚もあって複雑だった。

「あの時すごく情熱的だったわ……男の人って処女を抱くのが好きなのね」

その時の俺に負けてなるものか！

「処女じゃなくたって大好きです、もっと情熱的にしますね」

「ええ、いいわよ♥」

早速大きく抜き差しすると、ＵＲＰの時のセックスと違う感覚に驚いて、先輩と俺は目を見開いていた。

「いまの感覚……現実でのセックスすごいかも……」

「はい、気持ちよすぎて鳥肌が立ってます」

感度が全然違う気がする。URPでのセックスが夢の出来事というか……バーチャルリアリティだったたような……そんな感じだ。

単純なピストン運動じゃなくて、お互い感触を楽しむように角度や強さを変えて夢中で擦り合わせる。

「亀頭のエラが張ってるのすごくわかるっ♥　あぁっ♥　あぁぁん♥」

「先輩、好きです、このおまんこ好きっ」

「はぁ、はぁ、私もキミのおちんぽ好き、私のものでいいんだよね？」

「はい、先輩のものです」

「嬉しい、あ、ああ、私のおまんこもキミのものよ、いっぱい使い合いましょう♥」

次第にテンションが上がってきて、先輩は甘い喘ぎ声を保健室に響き渡らせた。

不意に周りのことが心配になったけど、改めて現実の学園の中でしていることを実感して、より昂ぶってきた。

「先輩……もっと激しいの、いいですか？」

「じゃあ、ヨーイドンで、思い切りして♥」

「わかりました、スタート体勢を取りますね」

明日菜先輩の脚の裏を腕に引っかけて股をM字に開かせ、俺は上体を前傾する。

「ふふ、クラウチングスタートみたいでいいわね」

「先輩、相図してください」

「位置について、ヨーイ……ちゅ♥」

ドンで先輩は下からキスをしてきて、俺は張り切って腰を動かした。

「んぁ♥　はぁ、はぁ……スタートダッシュ決めたね♥　でも、さっきみたいに途中で倒れないでよ」

「はぁ、はぁ、はい、一緒にゴールしましょう」

自分だけじゃない、気持ちよくなってもらうために夢中で膣を掻き回す。

「あ、ああっ♥　ん、んぁっ♥　あ、あぁぁぁぁっ♥」

「はぁ、はぁ……先輩、好きです、負けたと思ってもうダメかと思ったから、こうなれて余計に嬉しい」

「私も嬉しい……恋愛そのものに興味持てなかったのに、嫉妬も知って……今、好きって言われて抱かれて幸せよ♥」

先輩は誰が告白してきてもフッてたとは聞いたことがあったけど、恋愛に興味なかったんだ……。

俺が愛を教えたんだと思うと嬉しくなって、先輩を気持ちよくしたい感情がもっと湧き出てきた。射精欲を忘れて夢中でペニスを出し入れさせる。

トプンっ
トプっトプンっ

「先輩、好きですっ」

「あ、ああ♥　私も好き♥　あぁぁ、ん、んぁぁぁぁ♥」

愛情を込めて腰の動きを加速させていくと、先輩の表情が完全に快楽に緩んだ。口元は緩み、涎がだらだらと垂れている。

「す、すごいの……くる♥　あ、ああぁっ♥　イクッ、イッちゃう♥」

「先輩っ、俺も……一緒にゴールっ」

最後、求め合うように抱きしめ合って、俺たちは同時に絶頂に達した。

「あ、ああ……あ、あぁぁぁぁぁぁっ♥」

「先輩、先輩っ、んちゅっ」

射精しながらキスをする。そして、強く抱きしめて汗で湿った熱い皮膚を擦り合わせると、体が本当に蕩け合うような気がした。

「好き……ちゅ♥　ちゅむ……れちゅ……」

「ふはぁ……俺も好きです、ちゅ、ちゅむ」

お互いに好きと言い合い、気持ちも確認すると……心と体が蕩けたようになって幸せだった。

これが本当にひとつになったってことかな……。

ずっとこうしていたかったけど、そろそろ職員会議も終わる時間で、タイムアップだった。

少しだけ絶頂の余韻に浸った後、ゆっくりペニスを引き抜く。ワンテンポ遅れて膣口から精液がどろっと溢れ出てきた。

やっぱり、自分の精液が好きな女の人の膣から垂れてくるのを見るのは嬉しい……そう思ってはっとした。

これって……やばいんじゃ……。

妊娠することができる現実の世界だと思い出した。

「先輩、今日は大丈夫な日……ですか？」

「無責任の孕ませ射精気持ちよかった？」

そんな風に言うってことは今日は危険日なのか⁉

「む、無責任なんて……俺にできることは限られてるけど、先輩が妊娠したら何でもします！　責任は取ります！」

「興奮しなくていいわよ、今日は安全な日だから」

「そ、そう……ですか」

ほっとしたけど、同時に残念な気もした。

「ふふ、どうしたの？　怒った？」

「あ、いえ……先輩に本気で妊娠してほしいって思っちゃって……」

「じゃあ、今度うちに招待するわね。そこでゆっくり子作りセックスしよ♥」

そう言って、俺の気持ちを受け止めるように抱きしめてくれた。

「先輩っ、俺は先輩が好きだからもうURPは起こしません！　二人にははっきりそう伝えます！」

「そう？　冗談半分だと思うけど、そこまで言ってくれた先輩の想いに応えるために宣言する。でも、悶々としたらつい起こしちゃうんじゃないの？」

「それは……」

「いいわ、したくなったら遠慮せずに言って。いつでもどこでもキミの恋人としてヌいてあげるから」

先輩はまだ硬いままのペニスを微笑ましそうに見ながらそう言ってくれた。

これで俺の起こすURPは……セックスで満足できないと脱出できない部屋は終わったみたいだった。

エピローグ

どぴゅるるるるるっ！

校舎裏で先輩に喉コキしてもらって、明日菜先輩の頭を掴みながら思い切り射精した。

「んぇっ！　んぶっ!?　ごほっ、うぇっ」

いつも以上に激しく咽せたので慌てて手を離したけど、先輩は射精が終わるまでヒクつく喉で受け止めてくれて、最高に気持ちよかった。

「ごほっ、ごほっ、鼻に入った、ごほっ、ぶはっ」

ペニスを喉奥から引き抜くと咳き込んだ。今回は相当変なところに入ってしまったようだ。

「だ、大丈夫ですか？」

「ごほっ、らいじょうぶ……遠慮しないで、悶々としたら声をかけてね」

約束通り、先輩は俺がしたくなると、ＵＲＰを起こさないようにいつでもヌいてくれた。

「れろれろ……ぷはぁ、怪しまれちゃうからそろそろ戻りましょうか」

咳が収まると、最後にお掃除フェラしてくれて、先輩はそう促してきた。

現在、部活動中だった。交際と退部をかけた４００メートル走は、俺がゴールする前にぶっ倒れていたらしいので、明日菜先輩は「無効試合よ」と強引にノーカンにして、退部せずにすんでいたのだ。

「遅いぞ、どこ行ってたんだ」

正式につき合っているので、公表してもいいんだけど、先輩にそれはいつでもできるからと言われて内緒にしていた。バレないように、一人で先に陸上部のみんながいる校庭に戻ると、合同練習がはじまっていたようで部長に注意されてしまった。

「すみません」

「問題ばかり起こしやがって、いい加減にしろ」

部長の横で怒っているのは、告白した時に俺を突き飛ばした高雄先輩だ。

「トイレに行ってただけでしょ」

俺じゃなく、少し遅れてやってきた明日菜先輩が応えた。

「……もしかして、二人で行ったのか？」

同じ方向からやってきたのを見た高雄先輩は、眉根を寄せてそう言った。

あの400メートル走の後、妙に親しくなった俺たちを怪しんでいる。

「男女のトイレは同じ場所にあるのよ。同じ方向から戻るのは当たり前でしょ」

「それはそうだけどな……」

明日菜先輩のことが好きなので、それ以上強く追求できずに困惑している。

「まあいいから並べ……ん？　明日菜、鼻水出てるぞ」

部長が割って入ってきて、明日菜先輩の顔を見て苦笑いを浮かべた。

さっき出した精液が鼻に入り、垂れてきたようだった。

「そ、そう？」

さすがに恥ずかしそうに、ずずずっと鼻をすする。

「んっ……ちょっと風邪かしらね」

「気をつけろよ」

明日菜先輩はチラリと俺に視線を向けて、喉に手を当てた。

「んっ……」

喉が動き、嚥下《えんか》したのがわかった。

高雄先輩や部長たちの前で、俺の精液を飲み込んだ。

内緒だから味わえる、背徳感がたまらない。

先輩はいつも俺を興奮させてくれる。

四人で閉じ込められてから、ＵＲＰは起こしていない。でも、先輩とつき合ってからそれ以上、毎日ゾクゾクするような日々が続いていた。

※　※　※

つき合ってからしばらくしたある日の日曜。俺は明日菜先輩の家にはじめて招かれた。

両親が仕事の都合で二日ほどいないらしいので、たっぷりセックスできるし、以前に言っていた「あのこと」もあるので、胸を高鳴らせていた。

家に着くとすぐに先輩の部屋に通されて、別の意味でドキドキしてしまった。

「久しぶりだね」

「何、変な顔してるのよ」

いるはずのない二人……夏歌さんと高瀬の姿があった。

私服のセンスがいい高瀬に比べて、夏歌さんはちょっと子供っぽい。どちらにしても魅力的で、驚きながらも見とれてしまう。

「夏歌さん……高瀬……なんで？」

「二人は私が招待したのよ」

なんとかそう口にすると、後ろから先輩が事もなげに言った。

特に夏歌さんは、URPは起こせないと言うことを伝えてから一度も会っていない。二度と会うことはないと思っていたのに……。

先輩は嫉妬したとも言っていたけど、構わないのだろうか？

「聞いたわよ、告白したのは夏歌さんの方だったんだってね」

振り向いて疑問の視線を向けると、先輩は困ったような呆れたような微妙な顔をして言った。

「あー……」

それは夏歌さんのプライバシーというか、プライドを守るためというか……言ってはいけないことだと思って、ずっと内緒にしていた。

『告白してフラれた』

あの日きたメールの件名で勘違いしたけど、開いてみると全く逆だった。

『恥ずかしいけど、告白したのは私だよ！

明日菜ちゃんが好きだからつき合えないって言われました。おしまい♥』

つまり、俺が忘れたのはグラビアアイドルにフラれたことじゃなくて、告白されたってことだった。

むしろ忘れたくないようなことだけど、セックスしまくなったのに断るなんて、メールを見て申し訳なくて仕方なくなった。告白された時もそんな罪悪感があって、忘れたのかもしれない。

覚えていないのでそうじゃないかもしれないけど、このメールで俺は自分の先輩への気持ちがブレていないことがわかって、自信を持って告白することができたのだ。

「あの、夏歌さん……」

URPをもう起こさないと伝えた時に、改めて謝罪はしたけど、いたたまれない気分だ。

「気にしないで、ちょっと驚いたけど、断られたこと自体は、そんなに辛くなかったから。むしろ明日菜ちゃんとのことを応援してあげようと思ったし」

「夏歌さんとその辺のところ色々と話して、同じ男の子を好きになった同士、仲良くなったのよね」

夏歌さんの言葉を受けて先輩がそう応えた。

俺の知らないところで友情が育まれていたんだな……。

夏歌さんには悪いことをしたと思っていたので、なんだか上手く着地したことにほっとしていると、高瀬が睨んでいることに気づいた。

「私もあれから先輩たちには仲良くしてもらってるけど、あんたのことが好きなわけじゃないんだから」

高瀬とは今でもネットゲームはしているけど、クラスでは相変わらず無視されている。面と向かってこういう言い方されるのも久しぶりで感慨深いものがあるが、それ以上に俺は驚いてしまった。

「ええと……それはわかったけど、なんで脱ぎはじめてるんだ？」

困惑しながら先輩たちを見ると、高瀬だけじゃない、全員服を脱いでいた。

これって……あの時みたいにハーレムプレイするつもりか⁉

「せ、先輩、いいんですか？」

「グラビアアイドルとつき合うのを断ったキミの気持ちを疑うことはないわ。今となっては、恋人がモテてるのは嬉しいくらいよ」

「まあ、俺自身もモテてるのは嬉しいですが……」

「じゃあ、問題はないわね、今日はみんなで楽しみましょう」

先輩がそう言うなら、流れに身を任せよう。

「話は終わったみたいね、早速恋人公認でのキス……んちゅ♥　れちゅ♥」

夏歌さんがそう言って、舌を絡ませる激しいキスをしてきた。つき合っている先輩に見られていると思うと、背徳感で頭がクラクラしてくる。

「じゃあ次は私も……ん、ちゅ♥　れちゅ、ねちゅ、ちゅぱぁ♥」

今度は先輩とキスをする。ちょっと嫉妬したのか、先輩はさらに情熱的なキスで、あっという間に興奮してペニスがガチガチに硬くなってしまった。

唇を離して、もう一人……高瀬を見つめた。

まさか高瀬はキスしてこないかと思ったら、一気に間合いを詰めてくる。

「もう我慢できないっ」

そう言うと、キスはせずに俺を押し倒してきた。

「はぁ、はぁ、犯すわよ」

高瀬は仰向けになった俺の腰に馬乗りになると、言葉通り乱暴にペニスを咥え込んだ。

「お、おちんちん入って……おまんこの奥に触れて……ああ、たまんない♥」

「また先越されちゃった」

「どう？　ＵＲＰじゃない現実のセックスいいでしょ？」

夏歌さんが少し残念そうに言い、先輩はそう尋ねた。

「わかんない、でも、久しぶりですごく気持ちいい……♥」

目を細めて幸せそうに言うと、早速腰を動かしてきた。

その動きは荒々しく、相当欲求不満になっていたみたいだ。

高瀬には色々と巻きこんでしまった責任は感じているので、溜め込んできたものを発散させるように俺からも突き上げる。

「ズンズンきた……ひ、ひぁっ、これぇ、これぇ♥」

何度も膣奥を抉っていると、目が虚ろになり、舌を出し涎を垂らしながら喘ぎはじめた。

「あ、あぁぁ♥　ゲームしてる時だってこうされたかった……あんたの声聞きながらオナってるんだから♥」

快楽で理性が緩んだのか、落ちついたら死にたくなるようなことを言って昂ぶっていく。

「高瀬ちゃん、学園で昼休みとか放課後、京一くんとしてるんだけど……一緒にする？」

さすがに不憫に思ったのか、先輩はそう提案した。

「はい、しますっ、あ、ああ、嬉しい、します、絶対しますっ♥　おぉぉぉぉぉ♥♥」

高瀬は先輩の言葉に喜びながらイッた。絶頂の膣は気持ちよかったけど、この後のことを考えてなんとか堪えた。

「じゃあ、次は私としよっか」

夏歌さんと久しぶりに正常位で繋がった。

「あ、あぁん♥　やっぱりいいねぇ……」

ペニスを柔らかく迎えてくれた。そんな夏歌さんとのセックスは、先輩にはないよさがある。

もちろん大きなおっぱいは柔らかくてたまらない。スベスベの肌は吸いつくようよで、それで抱きしめられると、天国にでもいるみたいだ。

よく俺はこの人の告白を断ったと、その時の自分に感心する。

「おちんぽの感触たまんない♥ 明日菜ちゃんが言ってた通りなんか違うかも♥」

「夏歌さんに現実のセックスはすごいって話したら、したいって言われちゃったのよね。だから、いっぱい気持ちよくしてあげて」

先輩が耳元でそう囁いてきた。そういう流れで今日になったのか……。

現実でのセックスはURPの時より感覚が敏感になってる気がしている。先輩と保健室でした時のように、感触を味わわせるように擦りつける。

「はぁ、はぁ……気持ちいいけど、やっぱり明日菜ちゃんの方がいい？」

ひとしきりペニスの感触を味わった後、少し物足りなそうな顔でそう言ってきた。

そんなことはないとも言えずにいると、夏歌さんは繋がったまま手を伸ばし、自分のバッグを探り一冊の雑誌を取り出した。

「ついに私が表紙を飾った本よ、エッチで可愛いでしょ」

胸元で一ページ一ページ開いて、見せつけてきた。

夏歌さんがついにメジャーな青年誌の表紙を飾ったのは知っていたけど、セックスしながらこうやって見せられて、頭がかーっとした。

みんながこれ見てオナってるのに……なんて贅沢なんだ！

「きたぁ♥　私のおまんこ掘りに夢中になってくれてる♥　あ、あぁぁん♥」

「そんな隠し球があったか……」

先輩が苦笑いしている。

俺はこう煽られるのが弱い。わかっていても昂ぶってしまう。

「おっきいのきた、あ、ああ、イクっ、イクっ♥♥」

中出しを求めるように、背中に脚を搦めてきた。URP中ならこのまま中出ししたけど必死に堪える。

「お、おおおおおん……♥♥♥」

精液を搾り取ろうとする膣の収縮に耐えて、夏歌さんの絶頂をやり過ごした。

「はぁ、はぁ、なんで出してくれなかったの？」

ペニスを引き抜くと、まだ快楽に酔いながら恨めしそうに訊いてきた。

「ここは現実ですよ、孕んじゃったらグラビアアイドル続けられないじゃないですか」

そう伝えるとさすがにはっとした。

「あー……そうだね。一回の快感のために、全てを失っちゃうところだった」

やはり天然の夏歌さんに苦笑いで応じていると、先輩が後ろからイけなくてビクビク震えているペニスを愛おしそうに触れてきた。

「ふふ、私のために我慢してくれたんだね」

「は、はい……」

「子作りしたいのよね」

先輩の家でするって言ったこと覚えていてくれた。

「でも、俺ができることはなんでもするつもりですけど、妊娠したら先輩の人生が狂っちゃうんじゃないですか？」

孕ませたい気持ちはあるけど、先輩の人生を大切にしたいという気持ちもある。

「狂うなんて思わないわよ、キミと共にいる人生が私の人生になるから」

先輩は愛おしそうな目をして微笑むと、ペニスを触っている手とは逆の手で自分の下腹に触れた。

「キミの種で授けて」

俺の体がブルブルと震えた。

「先輩、嬉しくてたまりません」

「子作りセックスして、最高に幸せになろう♥」

お互いちゃんと気持ちを確認して、キスをしながらベッドに横たわった。

「本気なんだ……」

「なんか感動した……」

高瀬と夏歌さんが感想を漏らした。二人には俺たちが望んで子作りしたという証人になってもらおう。

「きた……♥　あ、ああん……♥」

抱きしめ合ったまま、膣口の位置は見ないでもわかるので挿入する。

先輩と繋がることはもう特別なことじゃないけど、気持ちよさや嬉しさは少しも減らない。腰を動かすことだけに熱中せず、キスしたりおっぱいを揉んだりしながらゆっくり高まっていく。

「私がキミを好きになれたのは、『はじめての告白』を何度もされたからよ。二十五回……ううん、校庭のを合わせると二十六回だね、愛を教えてくれてありがとう」

何度も繰り返しただけじゃなくて、忘れたことで俺は先輩の心を掴むことができたんだ。

本当にURPがなければ手に入れることができなかった愛情で、何かが授けてくれた能力に感謝した。

「はぁ、はぁ……舐めていいよ♥」

汗をかいてきて、腋を開いてくれた。

濃いフェロモンを嗅ぎながら、汗を舐めてゆるゆると腰を動かす。

先輩もペニスの感触を味わいながら俺の体を舐めてくれた。

「はぁ、はぁ……ごめんなさい、もう出そうです」

ずっとこうしていたかったけど、夏歌さんたちとして、イク寸前まで昂ぶっていたので、もう限界がきていた。

「いいよ、私もみんなとのセックス見てて昂ぶってたから……」

俺たちはもう腰を動かさずに、キスをしながら絶頂の時を待った。

「ちゅっ、好き……愛してるわ、ちゅ♥」

「俺も愛してます、ちゅっ」

先輩の子宮口は完全に下りて、精液をほしがっている。そこにも亀頭で熱い口づけをしたまま……妊娠させるための射精をした。

どぱぁ、どぴゅるるるる……。

「んぅ♥　ん、んんんんっ♥♥」

我慢したわりには、それほど激しい迸りじゃなかったけど、子宮を満たすために、止めどなく大量に出ているのがわかる。

その射精感は独特で、気持ちいいという一言だけじゃ現せない。

孕ませるつもりの射精の快感は、ＵＲＰでも経験した。でも、今はその場限りの想いとは違う。愛している人へ、自分の人生を全部使って責任取るつもりの中出しは……その気持ちを受け止めてもらうことは、性的快感をはるかに越えた幸福感があった。

「このセックス……すごい……」

「これが子作りの喜びなんでしょうね」

唇を離してお互いの結合部を覗き込む。

さらには両手を恋人繋ぎにしながら、先輩の子宮の奥で卵子と精子が出会い受精して……ちゃんと着床することを二人で願いながら見守った。

「先輩……」

「京一くん……」

父と母になる覚悟ができたからか、いつも以上に愛おしく感じながら見つめ合っていると、後ろから荒い息づかいが聞こえてきた。

「はぁ、はぁ……おまんこ疼いてる……」

「あんなの見せられたら、我慢できないよ……」

二人だけの世界に入っていてすっかり忘れていた。高瀬と夏歌さんは、俺たちに当てられたかのように完全に発情してしまって、オナニーしていた。

「これを使って気持ちよくしてあげて」

先輩は枕の後ろから、コンドームを取り出した。

「それで、中出ししたかったらまたここに注いで♥　妊娠を確実にするためにね」

先輩もまだまだ足りないようだ。

「ほら、みんなを満足させなきゃこの部屋から出られないわよ」

俺のペニスにコンドームを装着すると、そう促してきた。

「は、はい」

終わったと思ったけど、セックスで満足できないと脱出できない部屋は、まだまだ続くようだ。

あとがき

ゲームとかでエッチな文章を書くことを生業にしている東人と申します。

三作目の本になります。

今回は薄い本でお馴染みの『セックスしないと脱出できない部屋』が題材になっています。

部活の憧れの先輩、イケてる幼馴染みのクラスメイト、Fカップのグラビアアイドルと、高嶺の花である女の子たちと強制的に閉じ込められます。

特別好きでもない、ごく普通の男（陰キャ気味）である主人公に対して、彼女たちはどんな反応をするか、そして、どういう風にセックスすることになるのか、楽しんでいただければ幸いです。


最後に感謝を。絵を書いていただいた能都くるみ様をはじめ、この本に関わっていただいた方々、そして読者の皆様、誠に誠にありがとうございます。

まだまだ女の子と閉じ込められる系のシチュエーションを書きたいと思っているので、またお会いできることを祈って。

東人

ぷちぱら文庫 Creative

セックスで満足《まんぞく》できないと脱出不可能《だっしゅつふかのう》な部屋《へや》に閉《と》じ込《こ》められたら

2020年 2月28日　初版第1刷 発行

■著　　者　　東人
■イラスト　　能都くるみ

発行人：久保田裕
発行元：株式会社パラダイム
〒166-0004
東京都杉並区阿佐谷南1-36-4
三幸ビル4A
TEL 03-5306-6921
印刷所：中央精版印刷株式会社

PPC234

▼シリーズ既刊作品▼

幼なじみからお嫁さんにしてくれと頼まれたんだが!?
~契約から始まる本気の恋!~
ぷちぱら文庫
Creative 226
著：愛内なの　画：すてりい
定価：本体730円(税別)
裕也には性格もよくスタイル抜群な、澪という幼なじみがいる。そんな彼女は多くの男子から告白される毎日だが、すべて断っているようだ。面倒な状況を変えたいと願う澪から、期間限定の偽装婚約者になることをお願いされた裕也は、引き受けることにした。しかし初デートのあとの流れで澪と初体験してしまったことで、まるで本物の恋人同士のような甘い生活が始まって!?
ぜんぶキミとかもって、
ずっと、
そう想ってた♥